Écoute mes lèvres

Illustration de couverture : Séverin Millet

Titre original : *Read my lips*

Publié avec l'autorisation de Walker Books Limited, London SE11 5HJ

3, rue Bayard, 75008 Paris
ISBN : 2-7470-1080-5
Dépôt légal : mai 2005

Loi 49-956 du 16 juillet 1949 sur les publications destinées à la jeunesse

Jana Novotny Hunter

Écoute mes lèvres

Traduit de l'anglais (États-Unis) par Vanessa Rubio

MILLÉZIME
BAYARD JEUNESSE

Jana Novotny Hunter est née en Tchécoslovaquie et a passé son enfance en Grande-Bretagne. Deux de ses frères et sœurs sont nés sourds profonds – ce qui l'a bien sûr inspirée pour écrire ce roman. « Ayant grandi entre un frère et une sœur sourds qui ont choisi des méthodes de communication opposées (et qui, de ce fait, ont constamment des difficultés pour dialoguer), j'ai toujours été fascinée par toutes les questions touchant à la communication. Cet intérêt a été accru par mon expérience linguistique personnelle en tant que Tchèque vivant en Angleterre. » Jana a épousé un Américain et vécu de nombreuses années en Californie.

Pour Debbie
et Steven, ma sœur
et mon frère, qui ont
eu le courage de choisir.

Tous mes remerciements à Judy Blume et à l'Association des auteurs et illustrateurs pour la jeunesse, qui m'ont attribué le prix des Travaux en cours. Je remercie également du fond du cœur les élèves et le personnel de l'école pour déficients auditifs de Riverside, l'association des sourds de la région de Los Angeles, Clodagh Corcoran, Richard Hunter et, bien sûr, la vraie « Cat ».

Prologue

Ma tête va éclater.

« Maman. Je veux ma maman. Maman, viens me chercher… »

Des larmes brûlantes roulent sur mes joues tandis qu'on me baisse mon pyjama. Une infirmière en blouse blanche me domine de toute sa hauteur. Elle a une minuscule tête rose pas plus grosse qu'une tête d'épingle, mais ses mains immenses viennent m'arracher à mon refuge, mon petit lit, où j'essaie de lui échapper.

« Nooon ! Pas de piqûre ! Maman ! Au secours ! »

Je tambourine sur sa blouse blanche, mais mes petits poings ne suffisent pas à l'arrêter et elle me plante son aiguille dans les fesses.

Aïe ! Ça fait mal.

J'ai mal aux fesses.

Mal à la tête.

Mal aux oreilles.

Mal, mal, MAL.

Maman, au secours ! Je ne veux plus avoir mal.

J'ouvre la bouche et je crie : « Maman ! »

Mais aucun son ne sort de mes lèvres.

Je crie, je hurle en silence, toujours en silence.

Maman m'a abandonnée. Je suis toute seule dans le silence.

SILENCE.

Chapitre 1

J'avais cinq ans quand je suis devenue sourde.

Jusque-là, j'entendais tout. Les gens qui parlaient, le chat qui ronronnait, maman qui descendait les escaliers en chaussons – et même ma propre voix, tout excitée, annonçant au téléphone :

– Papa, papa ! Je sais écrire mon nom ! C'est C-A-T-H-Y.

– Tu es drôlement futée, ma puce.

Tous les cliquetis, clapotis, tintements, bruissements, grondements, tous les petits bruits de ma vie résonnaient à mes oreilles rien que pour moi, jusqu'au jour où il y a eu comme une explosion dans ma tête, une douleur fulgurante, et puis, pouf ! le silence.

Je n'ai plus jamais reparlé.

Traumatisée, je me suis repliée sur moi-même. Je ne comprenais pas. Comment une si petite fille aurait-elle pu comprendre qu'elle avait attrapé une méningite et qu'elle n'entendrait jamais plus ? Ou que ses parents étaient aussi perdus et désespérés qu'elle ? Tout ce que je savais, c'est que j'étais seule, très seule, et que j'avais peur, très peur, dans ce nouveau monde, le monde inconnu du silence.

Et puis ils m'ont envoyée là-bas.

Ils m'ont inscrite dans un internat pédagogique pour enfants déficients auditifs (surnommé par ses résidents la « cité des sourds »). Vous imaginez bien qu'attraper une méningite et devenir sourde représentaient déjà une expérience terrible et douloureuse, mais être envoyée en internat, c'était encore pire.

J'avais l'impression qu'on me punissait parce que j'étais tombée malade.

Pour moi, c'était simple : mes parents m'avaient aimée tant que j'étais en bonne santé, avec mes deux oreilles qui fonctionnaient, mais maintenant que je n'entendais plus, que je ne parlais plus, ils préféraient se débarrasser de moi. Si je n'avais pas rencontré Bee James, ma meilleure amie, je crois que je serais devenue folle.

Bee est ma meilleure amie depuis le premier jour, depuis cette période de cauchemar où je passais mon temps cachée sous mon lit, à tétouiller la queue de mon chat en peluche – le bien nommé Pluche. Sortie de là, tout ce qui m'entourait m'horrifiait : les enfants qui parlaient en langue des signes, les professeurs qui articulaient sans bruit... J'avais l'impression d'être montée dans un train fantôme et de ne plus pouvoir en descendre. Et Bee me comprenait.

Bee me comprenait, elle ne disait à personne où j'étais cachée mais, de temps à autre, elle passait sa tête ébouriffée sous le lit et montrait Pluche du doigt en me faisant de drôles de grimaces. Au début, je croyais qu'elle voulait me le prendre, je me cramponnais encore plus fort à son corps tout mou. Puis j'ai réalisé que cette fille à tête de lutin voulait m'expliquer quelque chose. Sans relâche, Bee tendait l'index vers Pluche avant de mimer des moustaches imaginaires sur son propre visage.

J'ai mis un moment à faire le rapprochement, mais quand j'ai compris, une ampoule géante s'est allumée dans ma tête, comme dans les bandes dessinées. Ce geste désignait ma peluche.

Quand Bee dessinait des moustaches dans les airs, cela voulait dire « chat », de la même manière que le son qu'on produisait avec la bouche signifiait

« chat » ! De même que les lettres C-H-A-T de mon abécédaire formaient le mot « chat ».

Tout excitée, je me suis extirpée de sous le lit pour faire le signe moi aussi.

– CHAT !

– Chat, chat, chat !

Bee a hoché la tête, ravie, et nous avons lancé ce pauvre Pluche en l'air pour fêter ça.

Et c'est ainsi que « Cat [1] » est devenu *mon* signe, mon surnom en langue des signes.

Cela fait douze ans que moi, Cathy Brown, je suis « Cat ». J'ai mis au moins deux ans pour m'habituer à la vie ici et commencer à m'y plaire. Désormais, j'aime l'intimité de la cité des sourds, ses bâtiments de brique rouge blottis au fond d'une vallée, au milieu des collines, ses odeurs boisées. Certains disent qu'on nous a exilés ici pour nous empêcher de nous mêler au monde ; moi, je crois plutôt que c'est pour nous en protéger.

Vous vous demandez sans doute de quoi j'ai l'air… Eh bien, je suis une fille comme les autres, qui peut rêver de faire une brillante carrière

---

1. *Cat* signifie « chat » en anglais.

d'avocate et, à la seconde suivante, ne plus penser qu'aux garçons. Je peux ainsi passer cinq minutes à glousser bêtement, puis avoir un comportement parfaitement mature et responsable juste après. Et, comme tous ceux de mon âge, il arrive que j'en aie assez de devoir bosser tout le temps. La seule différence avec les autres ados, c'est que je communique en langue des signes.

Question look, je suis parfois assez jolie (parfois pas du tout) avec mes cheveux roux et bouclés. Je suis plutôt grande et mince, ce qui a ses avantages – mon seul titre de gloire est d'avoir remporté la coupe de cross-country de l'école. De l'extérieur, j'ai l'air souriante, mais à l'intérieur, j'ai un véritable nœud d'angoisse, bien caché au creux de l'estomac – je panique surtout à l'idée de quitter l'institut pour vivre dans le monde impitoyable des entendants. Parce que, autant mon arrivée ici a été difficile, autant maintenant l'idée d'en sortir me terrifie...

J'essaie justement d'en discuter avec Bee aujourd'hui.

Nous sommes assises dans les gradins, sous le doux soleil de la fin septembre, à attendre le début du match de foot, quand mon amie me rappelle que je dois absolument me trouver un cavalier pour la soirée que l'école organise avant les vacances de Noël – un stress de plus qui alimente goutte à goutte les eaux noires et profondes de ma plus grande trouille : partir d'ici.

– Bee, tu n'angoisses pas, parfois, à l'idée de devoir quitter l'institut à la fin de l'année ?

– Il faut bien partir un jour, c'est la vie, on n'y peut rien, réplique-t-elle, très pragmatique. En revanche, tu peux tout à fait éviter de te retrouver seule pour cette soirée.

Pour elle, ne pas avoir de petit ami est une grave maladie, c'est comme être amputée d'un membre.

Je soupire.

– Tout est lié, c'est bien ça le problème, Bee. On est tellement confinés dans notre petit monde que je ne pourrais jamais sortir avec un mec d'ici, j'aurais l'impression de sortir avec mon frère.

Et c'est vrai. On vit ensemble depuis si longtemps qu'on est tous soudés, comme des siamois. Sincèrement, comment avoir envie de sortir avec un garçon qu'on a connu en culottes courtes, avec la morve au nez ? Pas très romantique, hein ?

– Tu devrais peut-être essayer l'hypnose, suggère-t-elle. C'est efficace pour guérir les phobies, paraît-il.

– Merci du conseil !

Dans un effort désespéré pour lutter contre ma « phobie », je fixe la silhouette d'athlète de Dave Grant qui court à petites foulées sur le terrain. Mais non, franchement, il ne m'intéresse pas.

– C'est sans espoir, Bee.

Mon amie se prépare à me sortir son habituel petit discours comme quoi je suis trop difficile et blablabla, quand deux gamins oralistes viennent s'asseoir de notre côté des gradins. Parler et lire sur les lèvres leur demandent tellement de concentration que, sans s'en apercevoir, ils ont enfreint LA règle implicite de la cité des sourds...

Signeurs et oralistes ne se mélangent pas[1]**.**

– Ils vont se faire lyncher !

Bee fait trembler les gradins pour qu'ils sentent la vibration, puis elle leur signe :

– Vite, passez de l'autre côté ! Vous êtes dans la zone des signeurs.

Les deux petits se relèvent d'un bond et filent pour regagner leur camp. Il faut savoir que la cité des sourds est divisée en deux clans ennemis : les signeurs et les oralistes. Même un match de football

1. Les signeurs communiquent grâce à la langue des signes, tandis que les oralistes parlent et lisent sur les lèvres.

comme celui d'aujourd'hui, qui est censé opposer deux classes de terminale, fait en réalité s'affronter les deux groupes adverses.

Les signeurs, comme Bee et moi, pensent que les oralistes refusent d'admettre leur surdité en singeant les entendants, tandis que les oralistes estiment que les signeurs ridiculisent les sourds avec leurs gesticulations bizarres. Ce débat divise la communauté sourde tout entière, pas seulement notre école. Mais notre proviseur, M. Kaplan, s'efforce du mieux qu'il peut de nous faire vivre ensemble. C'est un grand adepte de la communication totale, qui consiste à parler tout en utilisant la langue des signes, l'essentiel étant de communiquer. Il est convaincu que si tout le monde s'y tenait, cette fracture n'existerait plus. Tu parles !

Enfin, jusqu'à peu, je pensais que la guerre qui déchire la cité des sourds était un état de fait et qu'on ne pouvait rien y changer. Mais récemment j'ai réfléchi... Pourquoi faudrait-il choisir un camp ? Au fond, tout au fond de moi, j'ai très envie de savoir...

Quelle impression ça fait, de parler ?

Chapitre 2

Le coup d'envoi du match est donné et, l'espace d'un instant, j'oublie tout de ce conflit. Le sport me permet de m'échapper complètement – ça fait tant de bien de mettre son esprit au repos pour se concentrer sur des choses purement physiques ! Avec mes longues jambes, j'ai un véritable don pour la course, et je ne suis jamais aussi heureuse que quand je cours, dehors, pour remporter des coupes de cross.

Sur le terrain, le match se déroule plutôt bien, jusqu'à ce que notre équipe obtienne un corner. Jack Boldwood, le garçon du cours de culture sourde qui sort avec Bee, se met en place avec le ballon, mais soudain, sans prévenir, il le jette rageusement au sol en faisant le signe : « Faute, faute ! »

– Qu'est-ce qui s'est passé ? demande Bee.

Je plisse les yeux à cause du soleil pour voir ce que Jack signe.

– Il dit que les oralistes de l'autre équipe ont communiqué en lisant sur les lèvres pour obtenir l'avantage.

Ça, c'est de la triche. Quand on parle en langue des signes, tous les élèves de la cité des sourds peuvent voir ce qu'on dit – y compris ceux de l'équipe adverse ; en revanche, seuls ceux qui lisent sur les lèvres peuvent comprendre les oralistes. La règle veut donc que, lors des compétitions sportives, on communique avec des signes basiques. Parce que, si les oralistes se servent de leur voix pendant un match, ça leur donne un avantage.

– Signe ! ordonne Jack. Utilise le code gestuel, comme nous autres.

– Ça, c'est bien un truc de signeur, vous ne supportez pas de perdre.

– Et ça, c'est bien un truc d'oraliste, vous ne supportez pas d'être sourds.

– Imbécile de signeur !

– Sale oraliste !

Quelqu'un passe à l'attaque. C'est Max Manus, le gars le plus baraqué de notre classe.

L'arbitre lui ordonne de sortir du terrain, mais il reste planté là, à écumer de rage, comme un taureau furieux. M. Kaplan débarque sur la pelouse en agitant les bras. D'habitude, même les armoires à glace qui ont des biceps à la place du cerveau obéissent à notre petit bonhomme de proviseur.

Pas aujourd'hui.

Aujourd'hui, il est obligé de demander à deux professeurs de lui prêter main-forte et de menacer tout le monde d'exclusion pour que le calme revienne. Personne ne veut être renvoyé chez lui dès le début du trimestre.

– OK, on reprend le match, décide l'arbitre.

À contrecœur, les deux équipes se remettent en place. Mais l'esprit sportif s'est envolé ; la tension est palpable, les gestes sont retenus, chargés d'agressivité. Comme si quelqu'un avait posé un couvercle géant sur une marmite en ébullition.

Cette sensation, je la connais bien...

Un petit voyage dans le temps me ramène à l'époque de mon arrivée à la cité des sourds. Je venais de découvrir la langue des signes, j'étais contente d'apprendre à communiquer avec les autres enfants. J'avais une amie, Bee. Et j'étais une petite fille heureuse parce que, bien tranquille dans ce monde silencieux de gestes et de couleurs, j'attendais...

J'attendais d'entendre à nouveau.

Je m'imaginais que j'allais retrouver mon audition, comme on retrouve la santé après une bonne varicelle ! Je pensais que mes oreilles allaient guérir, comme la fois où j'avais eu une otite et que je devais prendre des médicaments quatre fois par jour.

Comment ai-je pu être si naïve ?

Les jours, les semaines ont filé et j'ai cessé d'espérer une guérison rapide. D'après ce que j'avais observé à la cité des sourds, j'avais conclu que seuls les enfants étaient sourds et que ça passait en grandissant, comme d'avoir de tout petits pieds ou les genoux cagneux. Entendre était réservé aux grands – les adultes et les médecins. Ce qui voulait dire que j'entendrais à nouveau quand je serais grande.

Puis, un jour, une nouvelle maîtresse est arrivée.

Elle s'appelait Mlle Ball. Elle avait les cheveux lâchés sur les épaules et des lunettes pointues en écaille. J'étais tellement fascinée par ses lunettes que je n'ai rien remarqué d'autre au début. Pendant

Tous sauf moi.

On m'avait trompée. Roulée, comme le Petit Chaperon rouge qui découvre que sa gentille mère-grand est en réalité un loup. Je détestais Mlle Ball et ses lunettes en écaille ridicules ! Je détestais sa façon de signer, lentement, patiemment. Mais, plus que tout, je détestais ses prothèses perfides et sournoises.

J'avais envie de les écrabouiller.

Les écraser, les casser en petits morceaux. Parce que je venais de comprendre la terrible vérité.

Quand on est sourd, c'est pour toujours.

Chapitre 3

Nous remportons facilement le match. Deux à zéro pour les signeurs. Notre équipe reste sur le terrain pour fêter sa victoire, mais Bee et moi, trop secouées pour nous joindre à eux, préférons aller boire un Coca dans la salle commune des terminales.

L'air abattu, Bee se laisse tomber sur le large rebord de la baie vitrée pour regarder par la fenêtre.

– Il faudrait leur donner une bonne leçon, à ces tricheurs d'oralistes.

Avec une grimace, je cite l'une des répliques favorites de M. Kaplan :

– Mais nous sommes une grande famille. Les oralistes sont nos frères et sœurs.

En réponse, Bee me tire la langue et l'agite dans tous les sens, imitant nos sœurs les oralistes.

Je m'apprête à lui donner une tape pour qu'elle arrête, lorsque l'Homme-Singe fait irruption dans la pièce.

Plus officiellement connu sous le nom de M. Davis, l'Homme-Singe est prof d'éco et de sciences sociales. Un vrai bourreau ! Certains racontent que son surnom lui vient de son expression favorite – « Le monde est une jungle ! » – mais, selon d'autres sources, c'est parce qu'on dirait qu'il s'est échappé de *La Planète des singes*. L'Homme-Singe est devenu malentendant à vingt ans et il affirme que, s'il est aussi strict avec nous, c'est parce que son expérience personnelle lui a appris à quel point la vie est dure dans le monde extérieur.

Tu parles d'une excuse ! Il y a des gens méchants, c'est dans leur nature, point. Comme l'Homme-Singe, qui débarque dans la salle, punaise un prospectus sur le tableau d'affichage et repart en coup de vent sans même un regard pour nous, misérables élèves.

– Reviens quand tu veux, l'Homme-Singe, signe Bee tandis qu'il s'éloigne.

– Mais n'oublie pas de frapper.

Même s'il prenait un marteau-piqueur, on ne l'entendrait pas.

– Je me demande quelle nouvelle torture il a inventée.

– Il doit faire des recherches scientifiques sur le seuil de tolérance des élèves à la douleur, pour voir ce que nous, pauvres adolescents, sommes capables d'encaisser...

Je vais jeter un coup d'œil au tableau d'affichage.

– À mon avis, il...

En découvrant le prospectus qu'il vient d'accrocher, je reste bouche bée.

– Bee, devine quoi ! L'Homme-Singe recrute de nouveaux membres pour les Explorateurs.

– Et alors ? réplique Bee.

– J'ai envie de faire partie de ce club depuis des siècles ! Ça doit être chouette de sortir en groupe pour visiter des trucs.

– Mais tu sais bien qu'il n'y a que des oralistes dans ce club, m'explique patiemment Bee, comme si elle s'adressait à un enfant. Les oralistes savent se servir de leur voix, Cat. Si jamais ils ont un problème, ils peuvent communiquer avec n'importe qui.

– Je veux entrer dans ce club.

Bee joint les mains d'un air faussement admiratif.

– Oh ! tu veux rencontrer les *vrais gens* du dehors, c'est ça ?

Son ironie me blesse. En sixième, Bee et moi avons fait le serment de ne jamais avoir de contact avec l'extérieur. Nous avions l'impression que notre vie était parmi les sourds et que nous devions rester soudées. Les entendants ne nous comprenaient pas et nous ne les comprenions pas non plus, alors ce n'était pas la peine d'essayer de les fréquenter. Nous avons toujours été d'accord sur ce point. Vais-je rompre notre serment aujourd'hui ?

Soudain, la pensée qui m'obsède depuis des semaines explose au grand jour :

– Bee, il faudra bien qu'on arrive à vivre dehors ! On va bientôt devoir quitter le cocon de la cité des sourds.

– Et alors ? réplique Bee.

Elle prend un jeu de cartes qui traîne sur une étagère et les bat d'un air absent.

– Je vais aller voir l'Homme-Singe demain avant les cours pour lui demander s'il veut bien de moi dans le club.

Bee jette le paquet de cartes sur la table en me fixant d'un œil noir.

– Enfin, Bee, tu vois bien... Tant qu'on était petites, on pouvait rester ici, à l'abri, mais on va devoir partir et vivre seules, un jour. Seules dans le silence, sans amis pour nous aider, loin de la cité des sourds...

Je ne pourrais pas supporter de revivre le supplice que j'ai enduré à l'âge de cinq ans, ce serait trop pour moi.

– Les gens se moquent de nous quand on utilise notre voix, répond Bee en signant furieusement. Je ne suis pas oraliste, je ne parlerai jamais.

– Mais...

Elle a l'air vraiment en colère maintenant.

– Tu ne comprends pas, Cat ? Ou alors tu as oublié ? Les sourds qui essaient de parler sont des traîtres. Ce sont des sourds déguisés en entendants. Ils tournent le dos à la vraie langue des sourds. Les oralistes sont nos ennemis.

Ce soir, dans mon lit, je pense à l'ennemi.

Vais-je devenir une ennemie moi aussi si j'entre aux Explorateurs ? Me retrouver dans la ligne de mire ? C'est bien ce qui arrive dans les gangs : on se fait tirer dessus si on tente de traverser le camp adverse.

Je ne veux plus y penser, ça m'angoisse trop.

Je devrais peut-être laisser mon désir d'entrer dans le club des oralistes enfoui au fond de moi, comme ma voix. Me contenter de rêver. C'est tout ce que je sais faire en ce moment. Rêver, rêver, rêver. Alors que je sombre dans le sommeil, je me repasse mon rêve préféré. Le rêve du mystérieux inconnu...

C'était la veille des grandes vacances, le mystérieux inconnu attendait devant le bureau de Kaplan, du haut de son mètre quatre-vingt-dix. Il n'était pas d'ici – de la cité des sourds, je veux dire –, et je n'ai pas pu m'empêcher de dévorer des yeux ses cheveux bruns bouclés et ses bras bronzés. Bien entendu, il a remarqué que je le fixais, bouche bée, comme un poisson hébété. Et, avant que j'aie pu fermer ma bouche béante, il a soutenu mon regard. Et il m'a souri. Un sourire craquant, révélant une adorable fossette... J'ai failli m'évanouir ! Heureusement, je n'ai pas eu l'occasion de me ridiculiser davantage, car la secrétaire est arrivée et l'a introduit dans le bureau. C'est tout. Je ne l'ai jamais revu.

Voilà. En fait, ma seule et unique histoire de garçon se résume à *rien*.

Le lendemain matin, les vibrations de mon réveil silencieux me tirent du sommeil. Si ça continue, ce genre de péripétie risque de constituer l'aventure la plus palpitante qu'il me sera donné de vivre dans un lit !

Aujourd'hui, je dois aller voir l'Homme-Singe pour lui parler des Explorateurs.

Et je suis super-angoissée.

Arrivée devant la salle où il fait cours, je recule. Qu'est-ce qui me prend de tout risquer – ma meilleure amie et la vie tranquille que j'ai juré de vivre parmi les miens ? C'est de la folie. Alors que je fais demi-tour, tête basse, je tombe sur Myra Ryder et ses deux acolytes, Judy Wyatt et Sherry Tate, les pires pestes signeuses de la cité des sourds. Elles ne ratent pas une occasion de semer la discorde dans l'école, et aujourd'hui ne fait pas exception.

Myra est en train de signer avec rage :

– Ils sont vraiment pitoyables, ces oralistes, à essayer d'imiter les entendants en parlant. Ce sont des traîtres à la cause des sourds.

– Ouais, t'as raison, acquiescent Sherry et Judy, toujours à la botte de leur chef, comme deux bons petits soldats.

J'ai un brusque sursaut de révolte. Ces trois-là rêvent de contaminer la cité des sourds avec leur venin de haine et de méfiance. Eh bien, moi, elles ne m'auront pas. Retrouvant toute ma détermination, je me dirige d'un pas décidé vers le bureau de l'Homme-Singe et j'appuie sur la sonnette lumineuse.

La porte s'ouvre et mes poumons se vident d'un coup. Parce que, là, juste à côté du bureau, la liste des membres des Explorateurs à la main, se tient un garçon qui a le mot « craquant » tatoué de la tête aux pieds – et il mesure au moins un mètre quatre-vingt-dix !

Le mystérieux inconnu !

À la manière dont il s'adresse à l'Homme-Singe, je suis bien obligée de constater que le garçon de mes rêves est oraliste.

Chapitre 4

L'Homme-Singe signe et parle en même temps.

– Qu'est-ce qu'il y a, Cat ?

– Hum...

Je regarde les posters familiers des héros de l'Histoire qui tapissent le mur – Scott de l'expédition en Antarctique, Nelson et Walter Raleigh. J'ai l'impression qu'ils m'observent, attendant de moi que je sois aussi courageuse qu'ils l'ont été.

– Hum... c'est pour les Explorateurs...

– Oui ?

– Euh...

Pourquoi les garçons disparaissent-ils quand on aurait envie qu'ils restent, alors que, quand on voudrait qu'ils s'évanouissent dans les airs, ils ne bougent pas d'un pouce et restent debout, là, avec leur air trop craquant ?

– Je… je suis venue m’inscrire aux Explorateurs.

– C’est un club oraliste…, réplique M. Davis.

Comme si je ne le savais pas.

– … Tu as de bonnes notes en lecture labiale ?

– Oui, oui, ça va.

Quelle menteuse !

– Alors pourquoi tu n’utilises pas ta voix pour me parler ?

Bien vu.

Si seulement je pouvais crier : « Je ne parle pas parce que ma voix a rejoint mon audition : elle est tombée aux oubliettes ! » Mais je ne peux pas. Je reste bêtement plantée là, à fixer l’agrafeuse posée sur le bureau de l’Homme-Singe.

Soudain, du coin de l’œil, j’aperçois la feuille d’inscription qui s’approche de moi. Je remonte un peu plus haut et je découvre un bras bronzé, puis un sourire encadré de fossettes qui ferait parler même une pierre. Le mystérieux inconnu m’encourage à m’inscrire sur la liste ! Les doigts tremblants, je prends le stylo qu’il me tend. Et, alors que la terre semble se désintégrer sous mes pieds, j’écris mon nom :

Cathy Brown

– Bienvenue aux Explorateurs, Cathy. Je m'appelle Joey Estrada, me dit le mystérieux inconnu.

Sans me laisser le temps de m'évanouir de bonheur, l'Homme-Singe m'arrache le papier avec sa grosse patte de brute.

– OK, Cat. Je vais demander tes notes à Mlle Alexander. Tu es bien consciente que tous les membres des Explorateurs doivent pouvoir communiquer par la parole ?

– Oui, oui, bien sûr. Merci. Merci, monsieur Davis...

Et, sur ce, je quitte la pièce en hochant la tête avec un sourire idiot aux lèvres – pas franchement recommandé pour une fille qui voudrait avoir l'air charmante et irrésistible.

Eh bien... si je voulais déjà m'inscrire à ce club avant, maintenant il s'agit d'une question de vie ou de mort !

Joey Estrada, que je n'avais pas croisé depuis le jour de son inscription l'été dernier, fait partie des Explorateurs ! Ce beau brun à fossettes, le garçon de mes rêves... Je traverse le hall désert en courant, tremblant comme un flan pas cuit. Un flan qui revient brusquement sur Terre et s'écrase avec un gros sploch ! lorsqu'il s'aperçoit que le cours de culture sourde a déjà commencé.

Mlle Alexander – Aggy – a beau être ma prof préférée, elle est très à cheval sur les horaires. En entrant, je signe :

– Désolée, Aggy, je n'ai pas de mot d'excuse, mais j'étais avec M. Davis.

Mlle Alexander inscrit un R comme « retard » à côté de mon nom dans le registre de présences. Elle porte une de ses robes multicolores aujourd'hui, mais ça ne l'empêche pas de rester très professionnelle.

– Assieds-toi, Cat. Nous étions en train de chercher des thèmes pour le débat.

Les autres sont déjà installés, et même les bureaux disposés en cercle ont l'air de m'attendre.

– Qu'est-ce qui s'est passé ? me glisse Bee alors que je m'assois près d'elle.

Avec un petit sourire, j'annonce :

– Je viens de trouver mon cavalier pour la soirée de Noël.

La mâchoire de Bee manque de se décrocher.

– *L'Homme-Singe ?*

Avant que je puisse me lancer dans une grande explication, Aggy m'interrompt :

– Ça suffit, Cat. Le débat approche à grands pas.

Le débat. Les élèves de terminale doivent discuter d'un sujet devant le reste de l'école.

C'est la première épreuve des examens de fin de trimestre.

– Vous avez des sujets à proposer ?

Aggy, comme l'ensemble des professeurs de la cité des sourds, utilise la communication totale, bien que sa voix ne soit d'aucune utilité à la plupart d'entre nous. Mais, aujourd'hui, je commence à voir sous un nouveau jour le grand projet de Kaplan – la communication totale avec les enseignants.

– N'oubliez pas que le sujet doit être exposé sous la forme d'une affirmation à discuter, nous rappelle Aggy.

Megan Gerard, une fille de notre dortoir qui se fait des hennés naturels et se met du vernis vert sur les ongles pour soutenir Greenpeace, propose :

– On pourrait aborder la question des déchets nucléaires. C'est important, je trouve.

Jack Boldwood, le roi de la contradiction, la coupe :

– D'accord, c'est important, mais on a déjà traité le sujet en sciences sociales.

– Et les déchets humains alors ? suggère quelqu'un, causant l'hilarité générale. Il y en a pas mal dans le coin.

Aggy secoue la tête.

– Cat, tu as une meilleure idée ?

– Euh, non, pas vraiment…

Comment puis-je me concentrer sur tout ça alors que je suis en train de rêver à Joey Estrada, tout en m'inquiétant pour mes notes de lecture labiale ?

Aggy a l'air surprise.

– Cat ! si tu veux faire du droit, il faut que tu saisisses toutes les occasions de t'entraîner à mener un débat. Il y a sûrement un sujet qui te tient à cœur…

Elle a raison. Évidemment, il y a bien un sujet qui me tient à cœur, mais c'est un sujet tabou. La question interdite qui divise la cité des sourds et qui résonne dans ma tête comme un tambour.

En définitive, je signe simplement :

– Langue orale, langue des signes.

– Oui ?

– On pourrait discuter de l'opposition entre la communication orale et la communication gestuelle. Oralistes contre signeurs.

Ma proposition enthousiasme toute la classe. Même Myra Ryder arrête de se ronger les ongles pour me regarder avec un air de défi.

– C'est un sujet qui nous touche personnellement, Cat, remarque Aggy.

– Justement ! Cette… cette guerre qui ronge la cité des sourds dure depuis trop longtemps.

J'en vois qui acquiescent. Mon cœur s'emballe, mais je poursuis :

– Il est temps que signeurs et oralistes apprennent à vivre ensemble.

Les cheveux en brosse de Jack se hérissent de dégoût.

– Tu rêves ! Les oralistes et les signeurs ne pourront jamais être unis.

– Je trouve que ça vaut quand même la peine d'essayer.

Aggy hoche la tête.

– Cat, c'est bien d'avoir des idéaux, mais il est un peu romantique de penser...

– Et alors, c'est bien d'être romantique, intervient Bee dans un vain effort pour changer de sujet. Justement, si on lançait un débat sur les garçons...

Mais Aggy revient à l'attaque :

– L'opposition oralistes-signeurs est un sujet trop délicat. Les élèves risqueraient d'en venir aux mains, même les enseignants ne seraient pas d'accord entre eux...

– Enfin, Aggy, c'est déjà le cas ! souligne Lyn Leonard. Il n'y a qu'à voir comment le match de foot d'hier a dégénéré.

– Elle a raison, acquiesce sa meilleure amie, Stephanie Bell, en secouant sa queue de cheval. Ça ne peut pas être pire.

Brusquement tout le monde lève la main.

– On va leur montrer de quoi on est capables !

– Le pouvoir aux signeurs !

– Y en a assez que les oralistes fassent la loi !

J'ai vraiment touché un point sensible.

Aggy nous laisse dire ce que nous avons à dire. Quand elle était petite, on lui attachait les mains pour l'empêcher de signer et ça, elle ne l'a jamais oublié. C'est pour cela qu'elle nous encourage à exprimer ce que nous ressentons.

Au moment où le débat menace de s'échauffer, elle intervient :

– C'est bon, c'est bon, on se calme.

Elle attend un moment que le silence revienne pour lâcher sa bombe :

– Bon... c'est sûrement ouvrir la boîte de Pandore, mais...

– Vous allez faire sortir les démons, affirme Jack en pointant les doigts au-dessus de sa tête comme deux cornes de diablotin.

– Eh bien, je ne vous ai jamais vus aussi motivés, remarque notre professeur.

Tout le monde applaudit et tape des pieds si fort que la classe en tremble.

– Je sais comment formuler le sujet !

Je me lève d'un bond et fonce écrire au tableau :

Les sourds doivent s'intégrer
dans le monde des entendants.

Je me fais huer et applaudir en même temps. Une boulette de papier frôle mon oreille et s'écrase contre le mur.

Certains hochent vigoureusement la tête lorsque Aggy signe :

– C'est une affirmation très polémique.

Heureusement, elle ne voit pas l'« affirmation très polémique » que Myra Ryder m'adresse juste à ce moment-là. Ça se résume à un geste, mais pas besoin de connaître la langue des signes pour comprendre ce qu'elle veut dire !

Jack agite la main.

– Je veux soutenir le camp des contre ! Il faut montrer aux oralistes qu'ils ont tort. Seuls les signeurs restent fidèles à eux-mêmes et à leur surdité.

Les parents de Jack sont engagés dans la défense des droits des sourds. Tous les membres de sa famille – y compris leur vieux cocker – sont complètement sourds.

– Une minute, Jack !

Aggy me regarde droit dans les yeux.

– Nous ne débattrons de ce sujet qu'à une seule condition, Cat. Que tu sois le porte-parole qui soutient cette affirmation de départ.

– Mais... ce n'est pas parce que j'ai proposé cet énoncé que je...

– L'intérêt d'un débat, c'est de pouvoir plaider une cause en mettant en avant les bons arguments, quel que soit son avis personnel. C'est un excellent entraînement, Cat.

Je proteste vainement :

– Mais...

Que penserait-elle si elle savait que je veux aussi m'inscrire dans un club oraliste ?

– Réfléchis-y, insiste-t-elle.

Je me tourne vers Bee, mais elle évite de croiser mon regard. Elle échange un hochement de tête de conspiratrice avec Jack, puis, ensemble, d'un air de défi, ils lèvent le bras pour faire le signe du pouvoir sourd.

Oh ! Bee, je ne suis pas contre toi.

La main droite sur l'oreille et le poing gauche dressé : ce geste symbolise le droit des sourds de refuser de se conformer à un monde régi par les entendants. C'est un symbole de solidarité et de force. Mais, à ce moment précis, il me mine plutôt le moral.

Myra l'araignée, toujours prête à se dresser contre moi, lève également son bras maigre.

– Le pouvoir aux sourds !

Applaudissements, sarcasmes, insultes vrombissent autour de moi. Les sourds doivent-ils essayer de s'intégrer ? Jusqu'à maintenant je pensais que non, mais depuis quelque temps je ne sais plus... Si on ne règle pas cette querelle une bonne fois pour toutes, elle continuera à bouillir, à bouillonner en sourdine.

Comme ma voix quand j'avais cinq ans.

J'ai besoin de prendre un peu de recul, je ferme les yeux pour ne plus voir les autres signer. Admets-le, Cat, tu aimes les défis. Une partie de toi ne vit que pour défendre des idéaux, lutter pour une cause. Sinon, pourquoi voudrais-tu faire du droit ? C'est toi qui as obtenu l'installation d'une kitchenette pour les élèves ; et, avec Bee, tu as organisé la rébellion de la cantine...

– OK, je relève le défi.

Aggy hoche la tête.

– Très bien.

Tonnerre d'applaudissements et coups de poing sur les bureaux.

– Vas-y, fonce, Cat !

Par chance, le signal lumineux qui annonce la fin du cours se met à clignoter. Je suis submergée par une vague d'élèves qui me tapent dans le dos, me félicitent, me suggèrent des arguments.

Je ne peux plus reculer.

Mais, quand je vois Bee fourrer ses affaires dans son sac en toute hâte, j'aimerais presque pouvoir faire marche arrière.

– Bee ? Attends, Bee !

L'air froide et distante, Bee rejette d'un coup de tête ses cheveux couleur caramel dans son dos.

– J'ai une audition pour la pièce de théâtre, réplique-t-elle avant de s'éloigner à grands pas, Jack sur ses talons.

Myra me bloque le passage avec son corps d'insecte.

– Tu devrais soutenir le point de vue inverse, me dit-elle. À moins que tu sois déjà passée dans l'autre camp ?

– Qu'est-ce que tu insinues ?

Elle me tourne le dos, puis me jette un regard noir et s'en va.

– Tu sais très bien ce que je veux dire, oraliste !

Myra n'a jamais digéré que je batte son record de cross-country en quatrième. Depuis, elle est jalouse de moi. Maintenant qu'elle a trouvé l'excuse parfaite, elle peut laisser éclater sa haine en public.

Le pire, c'est que je me demande si elle n'a pas raison. Ne suis-je pas en train de basculer dans l'autre camp ?

Chapitre 5

Je ne vais pas me laisser impressionner par Myra.

Avant de rédiger mon discours, je vais faire un sondage pour savoir ce que ressentent vraiment tous les élèves. Comme ça, je serai la « voix » de la cité des sourds, et il me sera plus facile d'ignorer les attaques personnelles comme celles de Myra.

Évidemment, ce serait bien que j'assiste à un cours de lecture labiale.

Pas pour espionner, non, pour observer. En plus, cela pourrait m'aider pour entrer aux Explorateurs... aux côtés de Joey Estrada.

Allons, qui est-ce que j'essaie de tromper, là ? Je veux réapprendre à parler et, comme Myra, j'ai juste trouvé une bonne excuse pour faire ce dont, tout au fond de moi, j'ai envie depuis très longtemps.

Déterminée à passer à l'action quoi qu'il arrive, je claque la porte de la salle de cours derrière moi.

Là, dans le couloir, les casiers s'ouvrent à la volée. Le deuxième étage tremble au rythme de la marée d'élèves qui s'y déverse. Au beau milieu de la foule, M. Kaplan est en train de passer un savon à Rob Walker – un oraliste que j'ai connu en athlétisme – parce qu'il ne porte pas ses prothèses auditives. Ce pauvre Rob s'évertue à lui expliquer que son appareil augmente trop les bruits parasites, mais Kaplan ne l'écoute même pas.

– Rob, il faut que tu portes tes prothèses pour exploiter l'audition qu'il te reste.

Je les interromps en agitant la main et, bien qu'il soit acquis au camp des oralistes, Rob m'adresse un sourire reconnaissant.

Mais Kaplan continue son petit discours habituel :

– Ici, nous sommes convaincus que la communication totale vous offre les meilleures chances d'intégration. Grâce à ce mode d'expression, vous pourrez parler avec n'importe qui, quel que soit votre niveau d'audition.

S'il le pouvait, Kaplan imposerait la communication totale au monde entier – sourds et entendants.

Je tente à nouveau ma chance :

– Excusez-moi, monsieur Kaplan. Je voudrais parler avec vous de mon emploi du temps.

Le proviseur fronce les sourcils.

– Pourquoi ? Qu'est-ce qu'il y a, Cat ?

– Euh... j'aimerais... il faut que je reprenne des cours de lecture labiale.

Cette fois, ses gros sourcils broussailleux se soulèvent, étonnés.

– Mais je croyais que tu avais refusé d'y aller l'an dernier !

– Je voudrais réessayer. S'il vous plaît, monsieur ! Je vous promets de travailler dur.

– Mm...

Je sais ce qu'il pense : « Ah, ah ! une nouvelle adepte de la communication totale ! »

– Bon, il faut que je consulte ton dossier. Tes audiogrammes...

Ma gorge se serre. Un audiogramme sert à mesurer l'audition, et le mien montre que je suis sourde profonde.

– J'ai entendu jusqu'à mes cinq ans, monsieur.

– Oui, je sais, Cat, répond le proviseur qui, délibérément, parle et signe en même temps. Je vais voir ce que je peux faire. File en cours, maintenant, l'alarme lumineuse clignote. Toi aussi, Rob, et que je ne te reprenne pas sans tes prothèses !

– Merci, monsieur Kaplan, merci !

J'ai envie de danser dans le couloir. « Je vais réapprendre à parler ! À parler, à parler, à parler ! » Mais soudain je me fige, honteuse. Qu'est-ce qui me rend si joyeuse ?

Je parle en langue des signes, je suis une signeuse.

Je passe le restant de la matinée sur le fil du rasoir, suspendue entre angoisse et allégresse. Vu comme mon cœur bat dans ma poitrine, je pourrais mourir de peur... ou de bonheur.

À l'heure du déjeuner, je fonce au réfectoire dans l'espoir de retrouver Bee pour lui parler de Joey. Ça, au moins, c'est un sujet dont je peux discuter sans risque avec elle. Ce genre d'histoires, elle adore.

Quand j'arrive à la cantine, l'odeur familière de steak haché et de carottes bouillies m'accueille. Nerveusement, je scrute toutes les tables à la recherche des cheveux caramel de Bee, mais elle n'est pas là.

Quelqu'un me fait signe dans la queue.

– Hé, Cat !

– Oh, salut !

C'est Rob Walker.

– Super, ton sujet de débat ! signe-t-il, bravant les regards des autres élèves, stupéfaits de voir un oraliste discuter avec une signeuse.

Il m'est reconnaissant de lui avoir sauvé la mise tout à l'heure. En souriant, je réponds :

– Merci, je pense que ce sera intéressant.

Un groupe d'oralistes qui ont vu ce qui s'est passé me montrent du doigt et me toisent (les nouvelles vont vite dans notre cité). Le mouvement se propage à la table voisine, et ainsi de suite. Ignorant leurs réactions, je prends un plateau pour m'insérer dans la file. Mais pas moyen d'échapper à ma nouvelle popularité, car même le gars boutonneux qui sert les plats me fait un geste salace avec un hot-dog. Je ne comprends pas qu'on laisse des types qui ont ce genre d'humour bosser à la cantine.

– Ne fais pas attention, me conseille Megan Gerard, qui est devant moi dans la queue. Je te trouve courageuse de te présenter comme porte-parole pour soutenir cette affirmation, vu que tu es contre.

Gloups.

– Tu auras besoin d'un coup de main ?

– Merci, mais Bee s'est déjà proposée pour m'aider à organiser un sondage dans toute l'école.

Je mens vraiment de mieux en mieux ces derniers temps.

Tout ce que j'espère, c'est que Bee va accepter, comme ça ce ne sera plus un mensonge. Pourtant, lorsque je retourne au dortoir, après les cours, je commence à avoir des doutes. Je n'ai pas vu ma meilleure amie de l'après-midi, et ce n'est pas bon signe. Elle est toujours en colère après moi. Lorsque j'entre dans la chambre, elle est allongée sur son lit dans une pose alanguie, en train de lire un script.

– C'est la pièce de l'école ? Tu as décroché le rôle que tu voulais ?

À peine un hochement de tête. Très froid. Je connais bien ma Bee et ses humeurs. OK, princesse des glaces, si tu ne veux pas me parler de la pièce ni du super-rôle que tu as obtenu, tant pis, boude ! Mais, attention, même la pire mauvaise humeur ne résiste pas à Cathy Brown.

Consciente que les princesses des glaces préfèrent garder les yeux rivés sur leur script plutôt que de daigner adresser un regard à leurs misérables amies, je sors mon réveil vibrant de sous mon oreiller, puis je le glisse sous la couette de Bee avant de le déclencher.

Soudain le lit se met à trembler. Bee lâche son script, gagnée par les vibrations qui lui chatouillent les pieds, remontent le long de ses jambes et se propagent bientôt dans son corps entier. Elle essaie de se contenir, mais ne peut s'empêcher de rigoler.

– Cathy Brown, tu es une...

Gloussant et vibrant, Bee me lance son script à la figure. La glace est rompue.

C'est le moment de lui parler de mon projet de sondage.

– Dis, Bee, est-ce que tu voudrais bien m'aider à rédiger un questionnaire ? J'aimerais avoir le sentiment de chacun avant le débat, pour être un vrai porte-parole.

– Eh bien, tu sais déjà ce que je pense, moi.

– Oui, mais ça ne suffit pas. Regarde dans quel état ça te met. C'est capital pour nous tous de réfléchir à ces questions.

Pas de réponse.

Je la supplie :

– S'il te plaît, aide-moi à faire ce sondage. Je voudrais savoir ce que les gens pensent... Tu vois, est-ce que les sourds peuvent sortir avec les entendants, se marier, coucher ensemble...

– Coucher ensemble ?

Sa curiosité est piquée.

Je confirme :

– Oui, tout à fait. J'ai déjà dit à Megan que tu étais mon assistante de recherche. Elle a proposé de m'aider mais... je préfère que ce soit toi... Oh ! s'il te plaît, Bee, ne me fais pas mentir. Tu es ma meilleure amie...

– Tu as raconté à Megan que j'étais *ton assistante de recherche* ?

Bee adore être mélodramatique, je suis sûre qu'elle fera une excellente actrice.

– J'ai parlé un peu vite...

– Et moi, je n'ai rien à dire, c'est ça ?

– Si, bien sûr que si.

Rusée, j'ajoute :

– Tu joues le rôle principal dans la pièce, tu vas avoir besoin de quelqu'un pour te faire répéter ton texte.

– Où veux-tu en venir ?

– Eh bien, tu vas avoir besoin de ta meilleure amie, celle qui t'a toujours aidée...

Sur ce, je la serre très fort dans mes bras. Elle me sourit.

– … celle qui t'a toujours donné la réplique…

Bee ne veut savoir qu'une seule chose :

– Je vais pouvoir poser des questions très personnelles à tous les garçons de terminale ?

– Tu pourras leur demander ce que tu veux. Ce qu'ils mangent, ce qu'ils boivent, comment ils *embrassent*…

Bee éclate de rire.

– Je savais que cette question achèverait de te convaincre !

– Pas du tout, je le fais seulement parce que tu es ma meilleure amie. Cette idée me répugne totalement. Bon, par qui je commence ?

– Bee, il y a juste une personne que je préférerais interviewer moi-même…

Je meurs d'envie de lui parler de Joey Estrada et de lui raconter comment il est venu à mon secours ce matin.

– … Parce que… Oh ! Bee, je suis en train de tomber amoureuse d'un oraliste.

Chapitre 6

Pourtant les jours passent sans que je revoie Joey.

Je rêve de sortir avec lui, mais c'est comme lorsque je rêve de parler à nouveau : sans espoir.

Je suis la seule du dortoir à ne pas avoir de petit ami. Je le sais parce qu'on n'a pas vraiment de vie privée, ici. Notre dortoir est constitué de quatre boxes minuscules (chacun occupé par deux filles), séparés par des cloisons qui s'arrêtent à trente centimètres du plafond. On se croirait dans un chenil ! J'imagine que l'architecte qui a conçu ça s'est dit que le bruit ne nous dérangerait pas, vu qu'on est sourdes ! Et l'intimité, alors ? Si une fille veut dire un secret à sa copine du box d'à côté, elle écrit son message au plafond avec une torche électrique – du coup, tout le monde peut le lire ! J'enrage quand même de ne pas avoir de secrets à raconter.

Ce vendredi soir, notre « chambre » est un vrai champ de bataille. Avec Bee, on est en train de rédiger le questionnaire, allongées par terre au milieu de feuilles roulées en boule, de gobelets vides et de trognons de pommes. Notre linge sale a dégringolé de la chaise où il était entassé et s'est mélangé avec le linge propre que je dois ranger depuis des jours, et une pile de bouquins s'est écroulée par-dessus. Heureusement, c'est Aggy qui surveille notre dortoir et elle ne nous embête pas trop avec le bazar le week-end. Tant qu'elle ne se retrouve pas nez à nez avec un rat, elle dit qu'on peut vivre dans notre propre crasse jusqu'au lundi.

– Hé, Bee, si on posait une question sur la police ? Du genre : « Est-ce que, selon vous, les policiers devraient apprendre la langue des signes ? » Tu te rappelles cet homme qui s'est fait tirer dessus ? Les flics ont cru qu'il allait sortir une arme alors qu'il voulait juste signer.

Elle se redresse en grognant.

– Ouais, mais, là, je ne suis plus en état de réfléchir. J'ai trop faim.

– J'ai un vague souvenir, très lointain et flou, d'un endroit nommé la « cantine »...

Bee me jette une boule de papier.

– Ouais, et il n'y aura bientôt plus rien de comestible si tu ne te bouges pas un peu.

– Attends une seconde.

Je file devant le miroir mettre du brillant à lèvres et passer la main dans ma touffe de cheveux roux. On ne sait jamais qui je pourrais croiser au self.

Bee désigne ma bouche du doigt.

– Miam... cette odeur de fruit ! Est-ce que ça se mange ?

– Non, à moins d'avoir des problèmes de constipation. Ça s'appelle « Pruneau Passion ».

Et, sur cette réflexion hautement philosophique, nous fonçons à la cantine en gloussant.

Le service touche à sa fin lorsque nous arrivons. Les longues tables à tréteaux ont été débarrassées, il n'y a plus que des restes et des bouteilles de ketchup. Avant, la nourriture qu'on nous servait était franchement immangeable, mais ça s'est amélioré du jour au lendemain grâce à la célèbre rébellion de la cantine, dont Bee et moi avons été les instigatrices (quoique, franchement, à voir les steaks ratatinés comme des semelles et les œufs durs globuleux qu'on nous propose ce soir, on ne dirait pas !).

En découvrant un plat de ragoût tout figé, je gémis, écœurée :

– Regarde, on dirait de la pâtée pour les cochons.

Bee s'en sert un peu dans une assiette et écrase son nez comme un groin.

– Oink, oink !

Moi, je prends un hamburger tiédasse, tout en cherchant Joey des yeux. J'ai essayé d'arriver tôt, de rester longtemps et, maintenant, de venir tard, mais il n'est jamais là. Ce garçon n'a pas besoin de se nourrir, ou quoi ?

Stephanie et Lyn, surnommées les jumelles parce qu'elles s'habillent toujours pareil, nous rejoignent à notre table, leurs deux queues de cheval battant au même rythme (on raconte qu'elles font tout ensemble, mais ce n'est pas possible : Lyn sort avec Max, qui n'est pas trop du genre à partager).

– On a discuté du débat, commence Stephanie en posant ses fesses juste à côté de mon appétissante assiette.

– Ouais, enchaîne Lyn, et on pense que tu devrais laisser tomber.

Lentement, mécaniquement, j'aligne bouteilles de ketchup, salières et poivrières devant moi.

– Pourtant vous étiez pour, en classe, la semaine dernière.

– Oui, mais on ne pensait pas que la tension monterait à ce point. C'est sûr, ça va...

– ... chauffer, complète Lyn, qui finit toutes les phrases de Stephanie.

J'explose :

– Écoutez, personne n'a dit que cette affirmation était juste. C'est pour cela qu'il faut en discuter ! De toute façon, je ne préparerai pas mon argumentation avant d'avoir obtenu les réponses à mon questionnaire, comme ça je pourrai être le porte-parole de tous les élèves. Une vraie voix pour les sourds !

– C'est déjà le discours que nous servent les entendants ! Ils comprennent tout de travers. Ils nous disent ce qu'on doit penser.

– Les oralistes vont te réduire en chair à pâtée.

Fixant le hamburger qui gît dans mon assiette, je prends l'air horrifié.

– Aaaaaaah !

– On ne plaisante pas. Les oralistes ont déjà prévu leurs réponses à ton questionnaire sans même l'avoir lu et...

– … ce n'est pas gentil-gentil.

Un frisson me parcourt, mais je ne vais pas me laisser intimider.

– Bee et moi, nous nous sommes donné trop de mal à rédiger ce questionnaire pour abandonner maintenant.

– C'est toi qui vois, mais alors Lyn demandera à Max de te protéger parce que…

– … personne n'ose s'en prendre à lui !

Les jumelles me tapotent l'épaule (une à droite, une à gauche), l'air de dire « Ma pauvre, tu es complètement folle », me souhaitent bonne chance en chœur et s'en vont du même pas.

Je les regarde traverser le réfectoire en sautillant en rythme.

– Elles ne dramatisent pas un peu, là ?

– Non, elles s'inquiètent pour toi, idiote ! réplique Bee.

Et elles ne sont pas les seules.

Le fait est que j'ai un peu peur. Bee et moi, on ne l'avouerait pour rien au monde, mais une grosse boule dans la gorge nous coupe l'appétit. Sans même nous consulter, nous laissons nos plateaux presque intacts.

La salle commune n'est pas aussi bondée que d'habitude parce que, le vendredi, c'est soirée film d'horreur à l'auditorium. Il y a deux ou trois personnes affalées sur les banquettes ou adossées au distributeur de boissons, et c'est à peu près tout. Sur le panneau de liège, une affiche annonce la prochaine sortie des Explorateurs : à la fin du trimestre, ils vont à la fête foraine. Si seulement je pouvais y aller avec Joey...

Bee ouvre nos boîtes à lettres et les vide.

– Tiens, Cat, tu as une lettre.

Elle me tend une enveloppe couverte d'une écriture familière.

– C'est ma mère. De toute façon, il n'y a qu'elle qui m'écrit.

Je ne me suis jamais très bien entendue avec ma mère, mais, lorsque je repense à tout ce qui est arrivé, je lui en veux encore plus. Quelle mère digne de ce nom abandonnerait sa petite fille à la merci d'infirmières armées de seringues, franchement ?

La lettre est dans son style habituel, dégoulinant d'enthousiasme forcé et de trucs gnangnan, du genre « Oh, je n'arrive pas à croire que ma petite fille soit déjà si grande » – à vomir ! –, mais aujourd'hui, c'est la cerise sur le gâteau :

Tu me manques tellement, mon cœur. Papa et moi, nous avons hâte que les vacances arrivent pour que notre fille chérie revienne passer Noël à la maison.

Argh. Vous voyez ce que je veux dire ?

Elle n'a pas encore compris que j'ai autant envie de rentrer à la maison que d'être défigurée par une rougeole foudroyante ? Je me sens si seule là-bas. Personne ne parle la langue des signes, à part mes parents, et mon père a un humour désopilant. Il s'imagine faire une bonne blague en langue des signes quand il tire sa manche sur son bras et l'agite en disant encore et encore : « Donne une cacahuète à l'éléphant. »

Les enfants des voisins pensent que la surdité est contagieuse et m'évitent comme la peste. Lorsque j'ai arrêté de parler, la seule fille qui ne m'a pas laissée tomber, c'est mon amie d'enfance, Sally. Elle a tout de suite été fascinée par la langue des signes, alors, au grand plaisir de ma mère, je lui ai appris quelques signes. On jouait ensemble pendant les vacances – quand on est petit, on n'a pas besoin de parler pour s'amuser. On s'ingéniait à inventer autant de situations que possible où l'on pouvait employer les signes « beau », « salut » et « le maillot de bain de Barbie ». (Ça peut paraître limité. Visiblement, ça nous suffisait.) Et puis un jour, en arrivant à la maison pour les vacances, j'ai découvert que Sally avait déménagé. Elle m'a écrit, mais je ne lui ai jamais répondu. (Comment aurais-je pu ? J'avais à peine six ans. Comment lui expliquer que c'est encore plus dur d'apprendre à déchiffrer ces espèces de gribouillis sur le papier quand on ne peut pas les lire tout haut ?)

Brusquement toute la rage et l'incompréhension de mon enfance refont surface, me remplissent de colère et de bile. Dans ma tête, j'imagine ce que je pourrais répondre à ma mère :

> *Chère maman,*
>
> *Comment peux-tu être aussi bête ? Bête, bête, BÊTE ! Comment peux-tu croire que ton enthousiasme inébranlable et ton affection sirupeuse me feront oublier que tu m'as abandonnée ? Que tu m'as laissée à l'hôpital ?* Toute seule dans le silence...

Perdue dans mes pensées amères, je ne remarque pas tout de suite que la porte de la salle vient de s'ouvrir. Un courant d'air frôle mes jambes, je lève la tête et... surprise ! Je vois Joey venir vers moi. Ma colère s'envole d'un seul coup.

Le voilà, aussi beau que dans mes rêves, mais cette fois en chair et en os. Le blanc de son tee-shirt fait ressortir sa peau bronzée. Ce sourire, ces fossettes... je fonds !

Je me cramponne à l'accoudoir, tandis que mon estomac s'entraîne pour l'épreuve olympique de barres asymétriques.

– Salut !

Joey utilise la communication totale, Dieu merci. Je peux donc me concentrer sur ce qu'il signe – pas besoin de lire sur ses lèvres.

– Tu te souviens de moi ? demande-t-il. Joey Estrada.

Si je me souviens de lui ? Autour de moi, tout devient flou. Écarlate et tremblante, je hoche la tête. Bizarrement, même si ma conversation n'est pas vraiment éblouissante, Joey a l'air de vouloir s'attarder auprès de moi.

– Ça ne fait pas longtemps que je suis ici, dit-il en s'adossant au mur, alors je ne connais pas encore grand monde à part les gens de ma classe... et *toi*.

– Oh...

Ensorcelée, je regarde ses yeux se plisser... Ses yeux sourient, il sourit, je n'ai plus de jambes. Il bavarde, il me parle de son ancienne école, de son arrivée ici. Et moi, je sens mon visage se fendre en un immense sourire qui va d'une oreille à l'autre. Vous croyez qu'on peut mourir à force de sourire ?

Le problème, c'est qu'au fur et à mesure que Joey se laisse emporter par son sujet, il utilise de moins en moins ses mains et de plus en plus sa voix. J'ai beau essayer de suivre, je ne comprends rien. Je voudrais lui répondre, lui dire qu'il est merveilleux, mignon, craquant, et que je n'en reviens pas qu'il se souvienne de moi, mais je me contente de le fixer comme une idiote. Pour la première fois de ma vie, un garçon dont je suis folle amoureuse m'adresse la parole, et je ne sais même pas ce qu'il me raconte !

Et le pire, c'est que le garçon de mes rêves a complètement oublié que je suis une signeuse.

Chapitre 7

Finalement, au bout d'un moment, Joey réalise qu'il y a quelque chose qui cloche et se frappe le front.

– Oh, non ! j'avais oublié ! Tu parles en langue des signes. Excuse-moi. Parfois, dans mon enthousiasme, j'oublie de signer ! C'est l'excitation...

Excitation ? Ce garçon connaît-il bien le sens de ce mot ? Je n'en reviens pas : le garçon de mes rêves me sourit. Le garçon de mes rêves me parle et il trouve ça *excitant*.

Je signe timidement :

– C'est... c'est pas grave.

– Si, c'est grave ! J'oublie sans arrêt qu'ici tout le monde ne lit pas sur les lèvres. Dans mon ancienne école, on devait tous pratiquer la communication totale.

– Ici aussi, en principe, c'est la règle. En réalité, la plupart des gens n'en tiennent pas compte.

Rouge comme un poivron (rouge, bien sûr), j'essaie de prendre l'air dégagé.

– Hum... je m'appelle Cathy Brown, ou Cat. Mon signe, c'est « chat ».

– Cat ! C'est génial ! s'exclame Joey en faisant le signe, comme un acteur de film muet qui se caresse les moustaches d'un air machiavélique.

Soudain, Bee lève les yeux de la lettre qu'elle est en train de lire et lui adresse son sourire le plus charmeur.

Je t'en prie, Joey, je sais que Bee a des cheveux couleur caramel et des yeux noisette... Elle est à croquer, mais je t'en prie, j'aimerais tant que tu me préfères, moi...

– Euh... voici ma meilleure amie, Bee James. Bee, je te présente Joey Estrada.

– Salut, Bee.

– Salut.

Heureusement, c'est le moment que choisit le monstre du film pour finir sa triste vie rissolé dans l'huile bouillante. L'auditorium déverse alors un flot d'élèves qui discutent des déboires de la pauvre créature.

Jack émerge de la foule et nous rejoint.

– C'était nul, commente-t-il.

– Je sais, acquiesce Bee. On l'avait déjà vu.

– Comment veux-tu avoir peur d'un monstre qui fait du vélo avec un béret sur la tête ? s'esclaffe Joey.

Et il mime la créature qui perd l'équilibre sur son vélo imaginaire.

Je souris.

– Du vélo ? Mais ça, c'était le héros !

– Quand je l'ai vu dans mon ancienne école, les sous-titres étaient décalés par rapport à l'image. Le héros poussait des grognements féroces tandis que le monstre répétait : « Je t'aime ! Je t'aime ! »

L'air faussement désespéré de Joey est hilarant.

Jack penche la tête en arrière et imite le monstre, prenant Bee dans ses bras comme s'il s'agissait de la blonde héroïne du film.

– Je t'aime, je t'aime !

Elle est écarlate, et nous morts de rire.

Mais Jack rirait-il s'il savait que Joey est un oraliste ?

Quoi qu'il fasse, Bee sera de son côté. À l'entendre, Jack a toujours raison. Moi, je pourrais rétorquer que Joey n'a jamais tort.

Mon cœur se remet à faire des pirouettes lorsque je vois quelqu'un sortir de la foule et lui faire signe.

Laurie Dean. La plus belle fille de tout l'institut. Elle passe la main dans ses cheveux blonds presque blancs et, ondulant des hanches, s'approche de Joey. Ah, j'avais oublié : bien sûr, Laurie Dean est oraliste.

– Salut, Joey, minaude-t-elle. Je *grmle-grmle*...

Décomposée, je détourne la tête alors qu'ils engagent la conversation, parlant et signant en même temps.

La communication totale.

Pour moi, c'est plutôt le désespoir total.

Et Jack en rajoute une couche.

– Hé ! s'exclame-t-il en montrant Joey du doigt, mais c'est un oraliste !

– Et alors ?

– Et alors, tu l'as pris comme cobaye pour préparer le débat, c'est ça ? se moque Jack.

– De quel débat veux-tu parler ? je réplique, piquée au vif. Celui que je vais gagner contre toi ou celui que tu vas perdre contre moi ?

– Arrêtez, tous les deux, supplie Bee, qui aimerait que son petit ami s'entende bien avec sa meilleure amie. Tiens, Cat, voilà l'Homme-Singe. Tu ne voulais pas le voir ?

Et elle m'entraîne avant que je puisse poursuivre.

L'Homme-Singe est entouré d'un petit groupe d'élèves qui parlent et rient. Ça alors ! Il ne se comporte pas du tout pareil avec les oralistes qu'avec les signeurs. Il se gratte le torse en poussant des grondements féroces comme le monstre du film. Nous les sourds, nous aimons les gags visuels tout bêtes comme ça, que nous pouvons mimer et répéter à plaisir.

– Excusez-moi, monsieur Davis. Pardon...

Je réussis enfin à attirer son attention.

– C'est à propos des Explorateurs. Vous avez parlé de ma candidature à Mlle Alexander ? Je vais participer au débat, alors il faudrait que je puisse fréquenter des oralistes.

Fronçant les sourcils, l'Homme-Singe cesse tout de suite son petit numéro.

– Je suis au courant, Cat. Malheureusement, Mlle Alexander m'a communiqué tes notes...

– Je vais faire des efforts !

– Tant que tu n'as que des F, je ne peux pas retenir ta candidature.

– Mais...

– Reviens me voir quand tu auras de meilleures notes, Cat.

Par chance, Aggy entre dans la pièce juste à ce moment-là, sinon j'aurais fait un signe très grossier.

– Que se passe-t-il ? demande-t-elle.

– Aggy, on peut parler en privé ?

Elle hoche la tête et m'invite à la suivre. Bee, qui a senti que quelque chose clochait, nous rejoint d'un bond. Dieu merci, je peux encore compter sur ma meilleure amie.

Aggy allume la lumière de son bureau. Quel bazar : il y a des piles de livres, de journaux et de cartons débordant de décorations de Noël !

– Essayez de vous trouver une petite place. Le comité des fêtes n'a pas encore décidé comment nous allions décorer le préau pour la soirée de Noël.

La soirée ! Cette maudite soirée ! Bee et moi, nous nous asseyons au beau milieu du chaos, parfait reflet de mes sentiments du moment.

– Cat, tu as l'air bouleversée...

Prenant une profonde inspiration, je me lance :

– M. Davis refuse de m'inscrire aux Explorateurs à cause de mes mauvaises notes en lecture labiale !

Les sourcils noirs d'Aggy dessinent un arc sur son front.

– C'est parce que tu veux faire partie des Explorateurs que tu as décidé de changer d'emploi du temps ? s'étonne-t-elle. M. Kaplan m'a dit que tu avais demandé à reprendre les cours de lecture labiale.

Alors que je hoche la tête, je sens Bee se raidir à côté de moi. Ce n'est pas ainsi que j'avais prévu de lui annoncer la nouvelle !

– Tu veux suivre ces cours pour préparer le débat ? insiste Aggy.

– Eh bien...

Soudain toute la tristesse, les frustrations, les déceptions que j'ai accumulées depuis des années me prennent à la gorge, et je crache cette grosse boule de rage qui m'étouffe :

– Aggy... je ne veux pas être laissée pour compte, je veux être partie prenante...

– De quoi ?

– De tout. De la vie... du monde extérieur...

– Et ?

– Et je... je pense que... je veux réapprendre à parler.

Bee enfonce ses ongles pointus dans mon bras. Aggy, qui n'a pas vu sa réaction, poursuit :

– Depuis quand as-tu ce projet, Cat ?

– Je ne sais pas trop. Ça a commencé le jour du match de foot. Je m'inquiétais déjà d'avoir à quitter l'institut à la fin de l'année et, quand la dispute a éclaté, j'ai réalisé qu'il fallait absolument qu'on arrive à s'entendre avec les oralistes. Et puis j'ai vu l'affiche des Explorateurs et...

– Et l'histoire du débat a achevé de te convaincre, c'est ça ?

– Comment avez-vous deviné ?

– J'avais vu tes questions venir depuis longtemps, Cat.

Alors, Aggy savait !

Elle savait, et c'est pour ça qu'elle m'a poussée à formuler une proposition pour le débat.

– Au début, j'ai cru que je voulais suivre les cours de lecture labiale pour me documenter en vue du débat, mais je m'aperçois que je veux réapprendre à utiliser ma voix. Coûte que coûte. Pour être capable de parler quand je vais quitter l'institut et faire ma vie à l'extérieur. Je... je ne peux pas me mentir plus longtemps.

Je signe cette dernière phrase les mains tremblantes.

– Cat, arrête ! Ne nous trahis pas ! supplie Bee.

– Je ne vais trahir personne.

– Mais on ne suivra plus les mêmes cours. On ne se verra presque plus. Tu te feras d'autres amis !

– Ça ne changera rien entre nous.

– Si tu crois ça, non seulement tu es sourde mais aussi aveugle.

Aïe, prends ça dans les dents !

– Mais, Bee, à l'extérieur...

– À l'extérieur. L'extérieur ! Tu ne sais dire que ça. À t'entendre, on dirait que tu parles du paradis. Mais c'est l'enfer, dehors, et tu le sais très bien !

Des larmes de colère brillent dans ses yeux.

Aggy tente de la rassurer :

– Allez, Bee... vous aurez encore des cours en commun. Cat aura juste un cours de lecture labiale en plus chaque jour.

Bee fixe la fenêtre d'un regard vide.

– En fait, j'ai tous les renseignements quelque part par là...

Aggy fouille dans la paperasse entassée sur son bureau.

– Voilà, Cat. Tu auras lecture labiale en deuxième heure, avec M. Davis.

– M. Davis ? Mais il fait cours aux cinquièmes !

– Si tu veux suivre les enseignements de lecture labiale, il faut que tu rattrapes ton retard.

Et que je me retrouve avec des gamins de cinquième ! Désemparée et effarée, je lance un regard implorant à Bee. Mais elle me tourne le dos.

Ma meilleure amie me tourne le dos !

Est-ce le prix à payer pour apprendre à parler ?

Chapitre 8

Ça, c'était vendredi soir, et la situation ne s'est pas arrangée durant le week-end.

Je ne comprends pas pourquoi les adultes parlent toujours de l'adolescence comme d'une période merveilleuse. Pour moi, c'est un véritable calvaire ! Le seul garçon que j'aie jamais aimé sort probablement avec la coqueluche de tout le lycée. Je n'ai pas été admise dans le club des Explorateurs. À la place, je vais me retrouver en cours avec des gamins de cinquième. Et, pour couronner le tout, ma meilleure amie m'accuse de haute trahison.

Dimanche soir, j'ai vraiment le moral à zéro, alors j'essaie de me calmer en cherchant une tenue pour le lendemain (mais, je vous jure, avec Bee qui me fait la tête, ce n'est pas évident). J'ai vidé le contenu de ma commode, mon lit est couvert de tee-shirts, sous-vêtements, jeans et pulls tout froissés... et je ne me suis pas encore attaquée à mon armoire ! Je sais, je vais mettre mon haut violet, celui que j'adore... Manque de chance, il porte encore les stigmates d'un précédent repas étalés sur le devant.

Pour arracher un sourire à Bee, je tente une bonne blague :

– Je ne vois qu'une seule solution : je vais devenir nudiste !

En temps normal, elle rigolerait et trouverait un truc marrant à répliquer ; là, elle se contente de hausser les épaules. Elle reste recroquevillée dans un coin de son lit comme si mon côté de chambre était pollué.

Feignant de n'avoir rien remarqué, je poursuis mon entreprise de séduction :

– Je peux t'emprunter ton haut vert pour demain, Bee ? Je voudrais être bien habillée pour...

Elle lève les yeux au ciel.

– Mets ce que tu veux. Moi, je dors. Amuse-toi bien à ton cours de débiles.

Elle tire sa couette sur sa tête, ne laissant dépasser que sa main qui épelle en alphabet dactylologique [1] :

1. Alphabet qui fait correspondre à chaque lettre une forme de la main. Les sourds s'en servent pour épeler les noms propres, par exemple.

« Traîtresse. »

Traîtresse. Je m'effondre sur mon lit, avec l'impression qu'on va me laisser me ratatiner et mourir toute seule dans le noir – exactement comme le jour où mes parents m'ont abandonnée ici, quand j'étais petite.

Le lendemain matin, pour la première fois depuis plus d'un an, je retourne en cours de lecture labiale. Et à nouveau je me sens très seule, au beau milieu de ces gamins de cinquième.

L'Homme-Singe fait l'appel :

– Evans, Francis... Ah, ce matin, nous avons une nouvelle venue : Cathy Brown, annonce-t-il en communication totale.

Ça fait des années que personne ne m'a appelée Cathy.

Les petits, qui ressemblent à des martiens avec leurs casques amplificateurs trop grands sur la tête, se tournent vers moi et articulent en chœur : « Bonjour ! » Oh, mon Dieu ! Je n'ai qu'une envie, c'est de fuir en courant, mais l'Homme-Singe commence le cours.

– Bien, aujourd'hui, nous allons réviser les sons *b* et *p*.

Ouf ! il signe en même temps qu'il parle, c'est déjà ça. Et le son *b* est l'un des plus faciles à lire sur les lèvres.

Il nous montre une liste de mots en commentant :

– Regardez bien mes lèvres quand je lis ces mots : *bébé, baba, bobo, Bobby...*

J'avale ma salive et j'essaie de me concentrer sur la bouche de l'Homme-Singe, de mémoriser la manière dont ses lèvres se rejoignent et s'avancent pour former le *b*. Je vais devoir fixer cette bouche jusqu'à la fin de l'année. Quelle joie !

– Le problème avec le *b*, poursuit-il, c'est qu'on le confond facilement avec le *p*. Par exemple, prenez les mots *balle* et *pâle*. Le son *p* est accompagné d'un souffle d'air, mais il est impossible de le sentir, à moins d'être vraiment très, très proche de son interlocuteur, presque bouche contre bouche...

Il mime un baiser, ce qui fait glousser toute la classe.

Je ne peux pas m'empêcher de penser à Joey. Non, non, il ne faut pas que je me laisse distraire.

L'Homme-Singe prend une feuille de papier.

– Si je place ce papier devant ma bouche, regardez comme il bouge lorsque je prononce le son *p*. Pour produire le *p*, il faut juste du souffle, pas de la voix. Maintenant, à vous.

En prenant mon morceau de papier, je me fais la leçon : « Oublie Joey, Cathy Brown. Lui, il sait parler, et il doit d'ailleurs en ce moment même être en train de discuter avec sa jolie petite amie. Tu n'as aucune chance avec lui. Car, à moins de te concentrer un peu sur ce cours, tu ne sauras jamais parler. »

L'Homme-Singe passe entre les rangs pour faire répéter les mots à chaque élève.

– Allez, Cat. *Balle, pâle. Pile, bile.* À toi.

– *B-b-baa...*

Oh, là, là ! La honte !

– Touche tes dents avec ta langue pour faire le *l*.

– *L, le, le.*

– Très bien ! Maintenant, mets les deux ensemble. *Balle, balle.*

– *Baa-lle.*

Quel supplice ! Je suis sûre que l'Homme-Singe prend plaisir à nous torturer.

Je ne pourrai jamais avoir une conversation normale si je dois me concentrer comme ça sur chaque mot !

– Bien, allez, maintenant, entraînez-vous tous à prononcer le *b*.

Mes lèvres bougent, mais je ne sais pas si je fais comme il faut. Jamais personne ne pourra lire sur *mes* lèvres !

L'Homme-Singe nous encourage :

– Oui, c'est ça, ça vient !

Encore et encore. De plus en plus vite.

– *Bébé, baba, bobo, bobby.*

Une heure entière à babalbutier et bébétifier.

À la fin du cours, je suis convaincue que je n'arriverai jamais à reparler, tant prononcer ces simples mots m'a déjà épuisée. Tandis que les autres quittent la salle, l'Homme-Singe me fait signe de venir à son bureau.

– Je suis heureux que tu reprennes les cours de lecture labiale, Cat. Dès que tu obtiendras de meilleurs résultats, on reparlera de ton adhésion aux Explorateurs. Mais il va falloir que tu travailles dur pour rattraper le niveau.

– Je sais.

Il me tend un album pour enfants.

– Apprends le vocabulaire de ce livre. Entraîne-toi devant un miroir. Pour l'instant, ne t'occupe pas des sons que tu produis, concentre-toi sur tes lèvres.

– Merci, monsieur Davis.

Juste à ce moment-là, la porte qui donne sur la classe d'à côté s'ouvre. Aggy entre, toute belle avec son cardigan et sa jupe légère, et demande, un peu nerveuse :

– Gerry, tu as gardé l'article sur Gallaudet ?

Gallaudet est une université pour les sourds, aux États-Unis, où les étudiants ont manifesté pour obtenir un président sourd.

– Il doit être par là…

L'Homme-Singe fouille dans le bazar de son tiroir et en tire une coupure de presse.

– … Notre bonne vieille fac.

Aggy lui sourit tendrement, leurs regards se croisent… Mais soudain elle se reprend et me demande :

– Alors, Cat, comment s'est passé ton premier cours ?

– Pas trop mal.

– Cat a rédigé un questionnaire pour préparer le débat, explique Aggy en s'asseyant tranquillement sur le bureau de l'Homme-Singe. Tu pourrais nous le montrer, Cat ?

– Hum… je voudrais conserver l'original pour faire les photocopies.

– D'accord, mais j'aimerais le relire avant que tu le distribues.

Elle se tourne ensuite vers l'Homme-Singe :

– Au fait, Gerry, je voulais te demander…

Je les laisse à leur petite conversation. Aggy et l'Homme-Singe ? C'est vraiment la Belle et la Bête !

Je suis bien contente de me retrouver à l'air libre à l'heure du déjeuner. Les collines semblent irréelles, là-bas, perdues dans la brume. Mais le soleil d'automne est agréable. Et, mieux encore, Bee m'attend devant le bâtiment d'arts plastiques.

– Bee ! je savais que tu viendrais !

– Tu veux toujours que je t'accompagne à la boutique de photocopies ?

Malgré son tee-shirt jaune soleil, Bee a l'air sombre.

– Ouais.

– Tu as demandé l'autorisation de sortir ? me demande-t-elle.

– Aggy ne dira rien. Allez, on y va.

– Je ne comprends pas pourquoi ils ne peuvent pas nous photocopier ça à l'institut ! râle-t-elle.

– Je veux le faire imprimer sur du papier fluo pour qu'on le voie bien.

– De toute façon, il ne va pas passer inaperçu, t'inquiète, réplique-t-elle d'un ton sinistre.

Puis elle soupire, comme si elle venait de se résoudre à se sacrifier avec moi.

– Tu as intérêt à m'aider à répéter mon texte après, je te préviens !

– Tout ce que tu voudras, Bee.

Je la serre dans mes bras et voilà, on est de nouveau amies.

– C'est vrai que mon haut vert va bien avec ton jean, remarque-t-elle alors que nous nous dirigeons vers le hangar à vélos.

– Merci ! J'avais l'impression d'être le Géant Vert dans cette classe de bébés.

– Exactement ! Il est comme toi : grand, vert et bête.

– Hé !

Je fais semblant de lui donner une tape, ravie qu'on recommence à se traiter de tous les noms et à se chamailler.

Mais, arrivées au hangar, je sens bien qu'elle redoute de sortir, même si c'est pour se rendre dans un magasin où on va tout le temps.

– En route pour l'aventure ! me signe-t-elle en enfourchant son VTT.

– Nous sommes les nouvelles Armstrong et Aldrin. Un petit pas pour la femme, un grand pas pour l'humanité ! En selle !

Et hop ! nous dévalons l'allée de gravier qui mène au portail, poussées par une brise légère. Devant nous, la route est tellement belle, bordée d'arbres aux couleurs de l'automne et encadrée par la douce silhouette des collines, que je ne peux retenir un petit soupir de plaisir.

La vie a tout de même du bon, finalement.

À la boutique de photocopies, ce n'est pas du tout la même chanson.

– C'est bourré d'entendants, remarque Bee, affolée.

– Ignore-les.

Moi aussi, j'ai envie de fuir, mais je suis déterminée à accomplir la mission qu'on s'est fixée. Pour éviter toute communication orale avec le propriétaire de la boutique, je me contente d'écrire le nombre de copies que je veux sur un papier que je lui tends avec l'original. Par chance, c'est un gars aux cheveux longs, genre « retour à la nature », et il a l'air de comprendre. Sans un mot, il hoche la tête et s'exécute. Ouf ! Pourtant, en le voyant empiler les gros paquets de copies toutes chaudes dans un carton, je panique. Maintenant qu'il est imprimé en quatre cent cinquante exemplaires, notre questionnaire paraît drôlement plus impressionnant.

Et pire, monsieur Vive-la-nature se met à parler. Je secoue la tête pour montrer que je ne saisis pas. Alors il rejette ses longs cheveux en arrière et répète plus lentement – comme si ça pouvait m'aider.

J'agite la main. Non, non, je ne lis pas sur les lèvres. J'ai eu mon premier cours ce matin !

Le gars répète, encore et encore. Il doit crier parce que les autres clients du magasin nous regardent. Gênée, Bee prend un morceau de papier et le lui passe en montrant du doigt un stylo.

Moi mettre ça sur compte école ?

Nous hochons la tête en chœur, pressées d'en finir. Pourquoi a-t-il écrit en petit-nègre ? Ce n'est pas parce qu'on est sourdes qu'on est idiotes ! Mon carton de questionnaires sous le bras, je signe « Merci » avant de filer vers la porte.

Alors que nous reprenons nos vélos, je remarque :

– On n'avait pas l'autorisation de mettre ça sur le compte de l'institut.

– Hé ! c'est pour les cours, quand même ! réplique Bee.

Tout en pédalant sur le chemin du retour, je revois la première réaction d'Aggy : « Tu vas ouvrir la boîte de Pandore... » Le carton que j'ai mis dans mon panier de vélo est-il si dangereux que ça ?

Lorsque nous arrivons à l'institut, l'odeur du déjeuner flotte encore dans le hall désert et baigné de soleil. Mon estomac gargouille.

– Bee, va nous chercher quelque chose à manger, s'il te plaît. Moi, je reste ici pour attendre Aggy.

– OK.

Quel soulagement de se retrouver là ! Tout m'est familier, le cadre, les odeurs... Bee a raison : dehors, c'est l'angoisse. Penchée sur la grande table en chêne du hall, je prends une feuille sur le haut de la pile pour relire les questions.

Accepteriez-vous de sortir avec un entendant ?
D'épouser un entendant ?

Soudain je me retourne et, là, devant moi, tout nimbé de soleil, je découvre Joey ! Il a une chemise d'une couleur tellement vive qu'on dirait qu'il rayonne de l'intérieur. Et il me sourit.

Il est si près qu'en tendant la main je pourrais le toucher. Mais juste derrière lui je vois arriver Laurie Dean. Miss Glamour et Mister Beaumec. Ils vont super bien ensemble. Comment ai-je pu penser que j'avais une seule chance contre une fille comme ça ? Une fille belle, sexy... et qui parle !

Mais je n'abandonnerai pas sans me battre. Je pose la main sur son bras, doucement.

– Salut, Joey.

– Salut.

À nouveau, je signe bêtement :

– Salut.

– Alors... qu'est-ce qui t'est arrivé vendredi soir ? me demande-t-il. Je t'ai cherchée partout.

Il m'a cherchée ? Ça veut dire que... il voulait me trouver ? Les joues en feu, je signe :

– Il fallait que je discute avec M. Davis. À cause du débat... enfin, du questionnaire.

Je lui tends une feuille fluo.

Joey regarde le papier et me sourit.

– Je préfère. J'ai cru que c'était parce que tu t'ennuyais en ma compagnie.

Ses yeux pétillants plongent dans les miens. On dirait qu'un aimant invisible nous attire l'un vers l'autre.

Visiblement, la physique des aimants ne passionne pas Laurie Dean. Elle demande à voir le questionnaire et, sans même me laisser le temps de protester, elle me l'arrache des mains.

– Hé ! rends-le-moi.

Elle agite le papier dans les airs avec un cri triomphal, en faisant signe à une bande d'oralistes qui passent par là. Ceux-ci arrivent en courant et, brusquement, nous sommes submergés par une foule d'élèves en furie. Ils se poussent, ils se bousculent, ils veulent tous un exemplaire du questionnaire.

Je proteste vainement :

– Attendez !

J'essaie d'attraper un poignet, un bras.

– Arrêtez, arrêtez !

Mais les questionnaires disparaissent au fur et à mesure.

– Vous n'avez pas le droit de les prendre tout de suite !

C'est peine perdue. Quand je signe, je ne peux pas me défendre, j'ai les mains prises.

Mon cœur tambourine dans ma poitrine, si fort que j'en ai mal. Comment vais-je expliquer ça à Aggy ? Elle ne voulait pas que ça se passe ainsi. Et moi non plus.

Mais Laurie Dean, elle, a eu exactement ce qu'elle voulait.

Le premier sacrifice humain de la cité des sourds.

Questionnaire

1) Croyez-vous que la communication totale soit la seule solution d'avenir ?

2) Considérez-vous la langue des signes comme la seule véritable langue des sourds ?

3) Selon vous, les sourds devraient-ils être intégrés dans les écoles d'entendants ?

4) Les sourds devraient-ils être dans les mêmes classes que les enfants souffrant d'autres handicaps ?

5) Que pensez-vous du fait que notre pays est gouverné par les entendants ?

6) Que pensez-vous du fait que le monde est gouverné par les entendants ?

7) À votre avis, devrait-il y avoir davantage de sourds avocats, médecins, hommes politiques ?

8) En avez-vous assez de dire aux gens de :

- Parler chacun leur tour ?

• Se placer face à vous ?

• Répéter leur phrase ?

9) Pensez-vous que tout le monde, y compris les entendants, devrait apprendre la langue des signes ?

10) Accepteriez-vous :

• de sortir avec un entendant ?

• d'avoir une relation sexuelle avec un entendant ?

• d'épouser un entendant ?

11) Portez-vous vos prothèses auditives sans gêne ni honte ?

12) Êtes-vous soulagé que la surdité soit un handicap invisible ?

13) Votre surdité mine-t-elle votre confiance en vous ?

14) Si vous aviez la possibilité de devenir entendant, en profiteriez-vous ?

15) Avez-vous honte d'être sourd ?

Chapitre 9

La foule se referme sur moi. Les élèves se bousculent, s'arrachent le questionnaire... et, pire que tout, le lisent. Maintenant, je sais ce qu'éprouve un prisonnier lorsqu'on lit ses aveux. Il se sent condamné.

Une chose est sûre : même si ce questionnaire fait l'effet d'une éruption volcanique, en tout cas il ne laisse personne indifférent. Un simple coup d'œil à cette foule en délire me le confirme.

Ils sont de plus en plus nombreux, il y a même des signeurs maintenant. Sherry, l'ombre de Myra, s'approche, suivie de près par Judy, et ramasse un exemplaire tout froissé par terre.

Bientôt, elle agite la feuille en l'air.

– C'est n'importe quoi ! Accepteriez-vous d'avoir une relation sexuelle avec un entendant ?

D'épouser un entendant ? Pour qui tu te prends ? Hitler ?

Jack y va de son petit couplet.

– Tu as vraiment fait ressortir les vieux démons ! Je vais te laminer au débat, tu vas voir !

– Je vais le lire dans un coin tranquille, me signe Joey par-dessus la tête des autres.

– Ah... d'accord.

Je le regarde disparaître dans un couloir au côté de sa belle oraliste. Dès qu'il aura lu mes questions, il va me mépriser. Joey, Joey... Je n'ai pas eu le choix, il fallait que j'écrive tout ça. Ne m'en veux pas. Je suis innocente.

Condamnée, mais innocente.

La foule s'éclaircit petit à petit. Même Judy et Sherry se sont évaporées.

Un jour, dans un documentaire, j'ai vu des sauterelles s'abattre sur un champ de maïs. Elles surgissent tout à coup dans un énorme nuage noir mouvant, puis disparaissent quelques instants plus tard, aussi soudainement qu'elles sont apparues. Mais, dans ce court laps de temps, elles ont dévoré le moindre épi de maïs jusqu'au trognon. C'est exactement l'impression que j'ai. Dévorée. Dépouillée. Par une nuée d'élèves voraces.

Pourquoi faut-il toujours que tu la ramènes, Cat ? Tu aurais pu te contenter de poser des questions idiotes du genre : « Quel est le héros sourd que vous admirez le plus ? »

Maudissant mes grandes idées, je fourre le reste des questionnaires dans mon casier avant de me rendre d'un pas traînant au cours suivant : cross. Avec toute cette histoire, je n'ai même pas eu le temps de déjeuner ni de voir Aggy, tant pis.

Notre entraîneur, Mlle Zee, est déjà au bord de la piste, son chronomètre autour du cou.

– On va travailler à améliorer ton temps, me signe-t-elle, enthousiaste, pendant que je m'échauffe. On n'a plus que quelques semaines avant la finale régionale. Myra, regarde le départ de Cat et prends exemple.

Myra lève les yeux au ciel. Comme si elle ne me détestait pas déjà assez.

Je me mets en position et, au signal, je décolle. Je cours, je cours, fendant l'air frais, et je me sens bien.

Chaque foulée m'éloigne davantage de mes soucis, me libérant peu à peu de leur poids. Je cours, pleine d'énergie. Et je franchis la ligne d'arrivée où Mlle Zee m'attend, hochant la tête d'un air encourageant.

Seule Myra ne paraît pas ravie de ma performance.

Je m'affale par terre, le cœur battant, et laisse aller ma tête entre mes genoux. Je suis en sueur. Mlle Zee me donne une petite tape dans le dos.

– Bien joué, Cat ! Tu as battu ton record.

Je m'apprête à lui adresser le sourire triomphant qu'elle attend, lorsque la silhouette malingre de Myra se dresse derrière elle, bloquant la lumière du soleil.

– Oraliste, oraliste ! ne cesse-t-elle de signer.

La vipère !

Elle ne peut pas m'atteindre. L'énergie, le sentiment de liberté que j'ai retrouvés sur la piste coulent encore dans mes veines. Je suis sûre de ce que je fais. Si je veux réapprendre à parler, personne – et surtout pas Myra – ne pourra m'arrêter.

Ensuite, j'ai sciences sociales. M. Davis attend à la porte de la salle en consultant ostensiblement sa montre. Mon deuxième cours de la journée avec l'Homme-Singe, quel privilège !

– Ouvrez vos livres à la page quarante-deux, ordonne-t-il à la minute même où l'alarme lumineuse annonce le début de l'heure, et lisez le chapitre trois.

Tandis que je me laisse tomber sur ma chaise, Bee me passe un paquet de chips.

– Le service était fini quand je suis arrivée au self, signe-t-elle sous son bureau. C'est tout ce que j'ai pu trouver.

– Merci, je meurs de faim.

Profitant de ce que l'Homme-Singe se tourne face au tableau, je m'empresse de déchirer le paquet. Aussitôt, il porte la main à ses prothèses. L'appareil amplifie le bruissement du papier, c'est bien ma veine !

Fourrant une poignée de chips et un gros morceau d'emballage dans ma bouche, j'ouvre mon livre au chapitre trois : « Les guerres qui ont changé le cours de l'histoire ». Je me demande si celle qui agite la cité des sourds figurera un jour dans les manuels...

Je suis presque à la fin du chapitre quand une élève de cinquième vient apporter un mot à M. Davis. Je reconnais Jenny, la fille qui était à côté de moi en cours de lecture labiale ce matin. Elle me fait signe comme si nous étions les meilleures amies du monde.

La honte.

Découvrant le message, l'Homme-Singe fronce les sourcils.

– Tu sais que je n'aime pas être interrompu pendant mon cours, Cat.

Comme si c'était ma faute...

– Oui, monsieur.

– M. Kaplan veut te voir immédiatement dans son bureau.

Chapitre 10

D'habitude, je trouve le bureau du proviseur plutôt accueillant ; il l'a décoré avec toutes les coupes et les photos des exploits sportifs de la cité des sourds – il y a même celle où je remporte la finale de cross !

Mais aujourd'hui, quelque chose me dit que M. Kaplan ne m'a pas convoquée pour me féliciter.

– Tu as causé une véritable émeute, jeune demoiselle.

Il me montre une feuille de papier posée devant lui.

Mon questionnaire.

– Qui t'a donné l'autorisation de distribuer ça ?

– Je n'avais pas prévu de les distribuer tout de suite, monsieur. Je fais un sondage pour préparer le débat.

– Et Mlle Alexander a donné son accord ?

– Hum...

– A-t-elle donné son accord pour que tu distribues ce questionnaire, ou non ?

Lorsque M. Kaplan hausse les sourcils de cette manière, mieux vaut répondre.

– Je ne sais pas... Oui. Enfin, non.

– Donc, tu l'as distribué sans son autorisation ?

– Je ne voulais pas. Les gens me l'ont arraché sans que je puisse les en empêcher. Tout s'est passé si vite !

Je baisse la tête pour suivre machinalement du doigt les coutures de mon jean. Je n'ose pas regarder ailleurs.

Kaplan se penche vers moi et me redresse le menton.

– En soi, je ne vois pas de mal à poser ces questions, jeune fille. Ce sont des points que tu devras soulever au cours du débat et, dans l'ensemble, tu as assez bien listé les problèmes auxquels sont confrontés tous les jeunes malentendants...

S'il aborde la question des relations sexuelles, je vais mourir de honte.

– Disons que ça jette de l'huile sur le feu.

Et devinez qui va brûler dans l'incendie ?

– Pour aborder ces sujets, il faut un minimum de finesse, de précautions…

Et une combinaison ignifugée.

– Il faut en discuter d'une manière civilisée. Je pense qu'un enseignant serait plus à même de traiter ces questions.

– Alors, pourquoi aucun professeur ne l'a jamais fait ?

La question est sortie toute seule, malgré moi.

Kaplan me fixe d'un drôle d'œil.

– Tu sais bien que notre but, ici, est d'amener tous les élèves à utiliser la communication totale.

Toujours la même rengaine.

– Nous pensons que, pour les malentendants, le meilleur moyen de s'intégrer dans un monde d'entendants est de combiner communications gestuelle et orale.

– Je sais, monsieur. Mais tous les élèves ne sont pas de cet avis, c'est pour ça que j'ai tenu à poser ces questions…

– Évidemment, nous ne souhaitons forcer personne. Cependant, nous avons pu constater les excellents résultats de la communication totale dans d'autres établissements, et nous savons ce qui est le mieux pour nos élèves.

Kaplan se lève pour aller regarder par la fenêtre. Ses cheveux hérissés se découpent en contre-jour, lui donnant l'air d'un savant fou.

Il se retourne brusquement.

– Le débat sera mené selon la procédure habituelle ?

– Oui.

– Je vais en discuter avec Mlle Alexander. Entre-temps, ne distribue plus ces questionnaires, Cat.

– Bien, monsieur.

Bee m'attend dans le couloir, prête à exploser :

– Je savais bien qu'il ne fallait pas remuer tout ça ! Moi, je ne voulais pas, d'abord !

– C'est trop tard, maintenant. Je vais chercher le reste des questionnaires dans mon casier, tu m'accompagnes ? Kaplan veut que j'arrête de les distribuer.

– Cat, je t'en prie, retire-toi du débat tant qu'il est encore temps.

– Je ne peux pas.

La stupéfaction se lit sur le visage de Bee.

– Je ne te comprends plus, Cat. Je ne te reconnais plus.

– Pourtant, entre nous, rien n'a changé, Bee.

– C'est ça !

Bee secoue la tête et nous nous dirigeons en silence vers les casiers. Ces derniers temps, une distance gênée s'est instaurée entre nous. La petite fissure du départ se transforme peu à peu en fossé.

C'est bizarre, j'ai du mal à ouvrir mon casier, je suis obligée de forcer le verrou. Il cède brutalement et, d'un seul coup, la porte s'ouvre en grand. Visiblement, on a fouillé dans mes affaires. J'enfonce la main dans le tas de papiers empilés à la va-vite et, soudain, dans les profondeurs du casier, je sens quelque chose de mou...

De poilu...

Et qui bouge !

– Aaaaaah !

Je retire ma main tellement vite que je perds l'équilibre et me retrouve par terre, sous une pluie de papiers.

– Aaaaah ! Aaaaah !

Je ne peux plus m'arrêter de hurler. Une énorme araignée aux pattes velues me pend sous le nez.

– Du calme, Cat ! Ce n'est pas une vraie.

– Mais... mais elle a bougé.

Bee prend entre le pouce et l'index la ficelle qui relie l'animal à la porte du casier.

– Tu vois ! Bon, maintenant, tu vas te décider à laisser tomber ?

Avant que j'aie le temps de répondre, Jack déboule dans le hall, tout essoufflé et le visage écarlate.

– Faut aller chercher Kaplan ! Il y en a qui se battent !

Je croise le regard de Bee. Comme moi, elle déteste la violence. Mais, ici, on ne peut pas l'éviter.

Dehors, les élèves se ruent de toutes parts vers le bâtiment d'arts plastiques. En les suivant, nous apercevons un attroupement sur la pelouse. Au milieu d'un cercle de spectateurs enragés, deux corps roulent par terre. Max contre Sammy Jackson – un oraliste qui adore semer la pagaille, une vraie fouine.

– Ils se battent à cause de ton questionnaire, m'apprend Myra avec un sourire mauvais.

– Quoi ?!

– Sammy a dit que tes questions étaient nases, Max lui a répliqué de fermer sa grande gueule d'oraliste, alors Sammy l'a traité d'arriéré de signeur qu'aurait besoin d'une greffe de cerveau. Max a fait : « Ah ouais, tu veux te débarrasser de ta cervelle pourrie d'oraliste ? » et ils ont commencé à se battre.

– Oh, non !...

Kaplan arrive en courant et se fraie un chemin dans la foule, suivi de près par l'Homme-Singe. Ils saisissent les deux garçons par le col et les redressent à bout de bras. Kaplan doit presque se mettre sur la pointe des pieds pour y arriver.

Hors d'haleine, Max donne un dernier coup de poing dans les airs. Sammy écarte la mèche de cheveux qui lui tombe sur le front et essuie son nez en sang du revers de la main, les yeux étincelants de haine.

Je suis accablée.

– C'est ma faute. Je vais le dire à Kaplan. Tout est ma faute.

– Rêve pas, réplique Jack. Entre eux, c'est une vieille histoire.

– Et puis, tu risquerais d'être exclue, remarque Bee.

Elle a raison. En un éclair, j'imagine... Si j'étais exclue, adieu le cross, adieu le débat. Je perdrais Joey pour de bon (si j'étais hors concours, Laurie n'aurait plus qu'à lui mettre le grappin dessus). Bref, je raterais tout ce qui me tient à cœur.

Quel gâchis !

Avec un profond soupir, je fais un effort colossal pour oublier toutes ces horreurs et rassembler mon courage.

Mais, en voyant Kaplan escorter les deux garçons jusqu'à son bureau, je ne peux m'empêcher de répéter :

– Il faut que je lui explique... quand même...

– Max sera furieux si tu t'en mêles, me prévient Bee.

Depuis que Lyn l'a chargé de me protéger, Max joue les gardes du corps. Bee m'assure qu'il n'apprécierait vraiment pas de perdre la face. Elle insiste, elle argumente et, comme je persiste à vouloir tout expliquer à Kaplan, elle m'agrippe par l'épaule, m'enfonçant ses ongles dans la chair.

– J'en ai assez de te voir jouer les héros, Cat ! Tu ne vois pas que tu es en train de tout saccager ? Toi et moi. Nous... La cité des sourds. Tu te mets tout le monde à dos ! Retire-toi de ce débat. Immédiatement !

– Je ne peux pas.

– Alors, tu vas le regretter.

Chapitre 11

Non, je ne peux pas abandonner.

Même si des questionnaires griffonnés de commentaires obscènes jonchent les couloirs de l'institut, je ne peux pas abandonner. Même si tout le monde, Joey compris – et surtout lui –, m'évite comme si j'avais la peste, je ne peux pas abandonner. Même si ma meilleure amie pense que je l'ai trahie, quelque chose m'empêche de laisser tomber. Alors que je n'ai pas encore distribué tous les questionnaires, les exemplaires qui m'ont été arrachés l'autre jour suscitent déjà beaucoup de réactions.

Ironie du sort, c'est la source de tous les problèmes – le questionnaire – qui justement me pousse à continuer. Une force qui me dépasse s'est mise en marche. Une énergie puissante qui se dégage des questionnaires complétés, nourris des espoirs secrets et des désirs de tant de jeunes sourds. Une force si impressionnante qu'on ne peut l'ignorer. Elle résonne dans leurs réponses et dans tous les messages que je reçois.

Du genre : « Tu as un sacré cran. »

Ou bien : « Je souhaite plus que tout devenir signeur parce que, étant donné que j'ai perdu le peu d'audition qui me restait, cela me simplifierait grandement la vie de signer. La langue des signes est la plus belle, la plus expressive des langues, c'est notre langue à nous, les sourds. Le problème, c'est que j'ai peur de perdre mes amis oralistes. »

Ou encore : « Je ne suis pas d'accord avec tes positions, mais je trouve ça essentiel d'aborder le problème. »

De nombreux élèves attendent ce débat avec impatience.

Ils ne me suivent pas en agitant des bannières et en criant des slogans d'encouragement, mais ils me soutiennent et, secrètement, certains espèrent même que je vais l'emporter. Une petite fille m'a écrit une longue lettre :

Chère Cathy Brown,

Je trouve que Dieu devrait rendre tout le monde sourd pour que les gens se rendent compte de ce que c'est. Pas pour toujours, bien sûr, parce qu'il y aurait trop de gens renversés par des voitures, etc., mais juste un petit moment. Et quand ils se réveilleraient en ayant retrouvé l'audition, ils se diraient : « Waouh, c'est chouette ! » Mais ils se souviendraient de ce que c'est que d'être sourd.

Quand je serai grande, je veux devenir chercheur pour inventer un médicament qui rendrait sourds les enfants entendants et vice versa, comme ça chacun pourrait choisir ce qu'il préfère.

Bisous,

Sandy.

PS : Aggy nous a recommandé de ne pas signer nos questionnaires, mais moi, je n'ai pas honte de dire ce que je pense.

Voilà, c'est le courage de Sandy, la foi qu'elle a en moi qui me donnent le cœur de continuer.

Elle a raison. Tout est une question de choix. Choisir comment on veut communiquer.

Si seulement Bee pouvait comprendre ça !

J'ai du mal à mener ma petite vie à l'institut sans elle. Elle me dit qu'elle est très prise par les répétitions, alors que, en vérité, elle ne me pardonne pas d'avoir refusé d'abandonner. Ces derniers temps, je vais au self très tôt : c'est moins dur de manger seule lorsque le réfectoire est désert.

Mais ce soir, en arrivant devant les portes à battants, je vois tout de suite qu'il y a déjà quelqu'un.

Joey. Et il est seul.

Vais-je oser l'approcher ? Risquer qu'il me repousse ? Je rebrousse chemin. Pourtant l'occasion ne se représentera peut-être plus. Laurie Dean le suit comme son ombre en ce moment, c'est sans doute mon unique chance de le voir seul.

Prenant une profonde inspiration, j'humidifie mes lèvres et me passe la main dans les cheveux... puis je fais demi-tour et je pousse la porte. Lentement, sans me presser, je traverse l'immense salle pour le rejoindre.

Un peu hésitante, je signe :

– Salut, Joey !

– Cat !

Il me sourit comme si nous n'étions pas en train de vivre la plus grande crise de toute l'histoire de la cité des sourds, et poursuit :

– On dirait que nous sommes les premiers à tenter notre chance pour deviner quelle est la viande mystère de ce soir.

– Quel honneur !

D'une main tremblante, je prends un plateau et le remplis sans même savoir ce que je pose dessus. Poulet, carottes, salade et un ramequin de flan chimique tremblotant.

Beurk ! Repose ça tout de suite !

Qu'est-ce qui me prend ? Je ne sais même plus ce que je fais. Alors que je me dirige vers une table dans le coin du réfectoire, mon cœur bat comme un fou, et, quand Joey s'assied face à moi, j'ai carrément l'impression qu'il va exploser.

Mais alors... ça veut dire que nous ne sommes pas fâchés ? Qu'il n'essayait pas de m'éviter ?

Ça doit être ça. Oui, parce qu'il s'installe et se met à manger, l'air tout à fait naturel et même... – si j'ose dire – ravi de me voir.

– J'ai le plaisir de vous annoncer que la viande mystère de ce soir n'est pas de la pâtée pour chat avariée, mais du bœuf d'origine certifiée ! déclare-t-il après la première bouchée. Dans mon ancienne école, les services de l'hygiène et de la santé ont collé un procès au cuistot parce qu'il avait tenté de nous refiler des granulés pour les hamsters en guise de céréales.

Je ris à gorge déployée (je suis tellement soulagée) et le nœud que j'ai dans le ventre se desserre un peu.

– Tu aurais dû voir ce qu'on nous servait ici avant la rébellion de la cantine ! On a atteint le summum lorsque Kaplan s'est retrouvé pris au milieu de l'émeute. Il n'a pas apprécié le shampooing à la purée de pois. Ça graisse trop les cheveux, paraît-il.

– J'aurais aimé voir ça ! Une émeute à la cantine !

Nous rigolons ensemble cinq minutes, puis brusquement Joey retrouve son sérieux.

– Les émeutes, c'est bien, mais je préfère ta façon de procéder, Cat.

– Ah bon ?

– Oui, sincèrement. Tu as vraiment touché le point sensible avec tes questions. Je devais faire une dissertation sur les droits des sourds, mais je n'arrivais pas à organiser mes idées... jusqu'à ce que je lise ton questionnaire. Soudain tout est devenu clair dans ma tête !

Il prend des cours pour être aussi craquant ou quoi ?

À partir de ce moment-là, je me détends complètement, il n'y a plus que lui et moi, on bavarde, on signe, on rit, on refait le monde. Joey me raconte qu'il veut devenir le premier professeur de langues de la cité des sourds, qu'il a fait une recherche sur les différentes langues des signes du monde. Il est fasciné de constater à quel point les signes peuvent varier d'un pays à l'autre, et en même temps se ressembler. Il est tellement passionné par son sujet que son enthousiasme est contagieux. Moi, je lui avoue que j'aimerais devenir la première avocate de la cité des sourds et il a l'air super-impressionné.

Je n'ai jamais été aussi contente de manger à la cantine (et ce n'est pas grâce à ce qu'il y a sur mon plateau) !

Malheureusement, les meilleures choses ont une fin. Juste au moment où Joey s'apprête à partager sa glace à moitié fondue avec moi, je vois Laurie Dean se diriger vers nous. Miss Glamour est entourée de sa petite bande de fans oralistes et ils parlent tous – sans signer, bien sûr.

Super.

– Salut, Joey ! On peut s'asseoir là ? minaude-t-elle, posant ses jolies petites fesses à côté de lui sans attendre sa réponse.

Pas besoin d'être une experte en lecture labiale pour comprendre le message !

Joey lui sourit. Évidemment qu'il lui sourit ! C'est la plus belle fille de l'institut, non ? Et moi, je ne suis que la pauvre signeuse avec qui il blague en attendant son arrivée. Il lui dit quelque chose qui la fait glousser de plaisir, et elle répond avec sa mignonne petite bouche toute rose. Laurie fait un délicieux dessert, avec son pull crème et son jean rose moulant. Le problème, c'est qu'elle, elle ne fond pas.

Chapitre 12

Alors que Laurie commence à manger, Joey épelle son nom en dactylologie, et elle lui répond en remuant ses lèvres toutes brillantes. Cette sourde-là ne s'abaisserait pas à signer !

Ses copains oralistes s'assoient autour de la table, riant et bavardant (pour moi, bien sûr, c'est du charabia). Je ne vois plus qu'une brochette de bouches qui articulent des mots que je n'entends pas.

Qu'est-ce qu'ils disent ?

Pourquoi n'essaient-ils pas de me mêler à la conversation ? J'ai peut-être la peau verte comme une martienne ? Des cornes qui ont poussé sur la tête ? Ces égoïstes d'oralistes ! Comment ai-je pu oublier que Joey était l'un des leurs ?

Mais, juste à ce moment-là, Joey fait quelque chose d'incroyable, qui prouve bien qu'il n'est pas comme eux. Signant et parlant en même temps, il dit :

– Hé, les gars, si on utilisait la communication totale ? Cat est une signeuse.

Sammy Jackson, le fauteur de troubles qui s'est battu avec Max, me montre du doigt :

– C'est toi qui as distribué cette espèce de questionnaire ?

Hochant la tête, je réplique :

– Pour préparer le débat qui va nous permettre d'être tous unis !

– Qui te dit qu'on veut s'unir avec les signeurs ?

Joey intervient :

– Dans mon ancienne école, on utilisait tous la communication totale.

– Mais tu n'es plus dans ta bonne vieille école ! rétorque Sammy, méprisant.

– Ça, c'est sûr.

L'atmosphère est électrique.

Laurie se décide à signer, avec une lenteur insultante :

– Tu ne penses pas qu'oralistes et signeurs devraient fréquenter des écoles différentes ?

– J'aborderai cette question lors du débat. J'y travaille...

– Le débat ! répète un type avec une casquette de base-ball. C'est la guerre ouverte, tu veux dire ! Sammy a dû se battre...

Le sang afflue à mon visage, je me sens devenir écarlate.

– Au lieu de se battre, on ferait mieux de discuter de nos problèmes...

Avec un petit sourire doucereux, Laurie crache son venin.

– Tu ne sais pas du tout lire sur les lèvres ? s'enquiert-elle, l'air innocent.

– Je... je suis les cours de M. Davis.

– M. Davis ? Mais c'est le prof des cinquièmes !

– J'ai... j'ai un peu de retard à rattraper.

– Oh ! je vois, fait-elle en battant des cils.

Décidant finalement qu'elle n'a rien à craindre d'une idiote comme moi, Laurie se tourne vers Joey.

Naturellement, il n'a d'yeux que pour elle.

Je ne peux pas lutter. Elle a tout : un physique de rêve, une langue de vipère, et surtout une bouche qui parle !

Je me lève brusquement.

– Il faut que j'y aille. J'ai un entraînement de cross.

Les larmes aux yeux, je me rue hors du réfectoire, laissant Joey et la bande d'oralistes me regarder partir, bouche bée.

La piste déserte me tend les bras. Je m'élance et je cours, je cours... Quand je cours, je suis MOI. Pas une étiquette – ni sourde ni entendante, ni oraliste ni signeuse –, MOI, tout simplement. MOI, qui cours, cours, cours de plus en plus vite. Les larmes que j'ai si longtemps retenues me brûlent les joues, tandis qu'un refrain terrible résonne dans ma tête au rythme de mes pas. « Oralistes et signeurs ne se mélangent pas. Ne se mélangent pas. Ne se mélangent pas. » À bout de souffle, je termine mon tour de piste. Tiens, quelqu'un me fait signe, tout là-bas...

Plissant les yeux dans la lumière du soleil, je reconnais les bras bronzés de Joey. Malgré la distance, je comprends ce qu'il me dit – c'est l'avantage de la langue des signes.

– Hé, Cat ! tu veux que je sois ton prof de lecture labiale ?

Mon prof ?

– Tu ne trouveras pas moins cher dans tout le pays.

Je le rejoins, hors d'haleine. Quand j'arrive près de lui, je ralentis pour signer avec enthousiasme :

– Tu es engagé !

Plus rien ne peut m'atteindre. Pas même Myra, qui a interrompu son échauffement pour nous regarder. Joey va m'aider ! Il va m'aider à apprendre à parler.

Plus rien ne peut m'atteindre.

Chapitre 13

Le lendemain soir, portée par un nouvel élan, je prépare un tableau pour classer les réponses du questionnaire. Bee est allongée sur son lit, en train de bouquiner. Avant, ma meilleure amie et moi, on n'arrêtait pas de rire et de faire les folles, mais ce soir j'apprécie la trêve glacée que nous avons conclue, car cela me permet de mieux me concentrer.

Soudain l'alarme lumineuse de la chambre se met à clignoter – deux petits coups.

– C'est pour toi, m'annonce Bee, en me poussant du bout du pied.

Quelqu'un m'appelle sur le Minicom [1]. Sûrement ma mère.

Et si c'était un ennemi ? Sur le Minicom, l'interlocuteur n'a pas de voix, pas d'identité, il n'y a

---

1. Moyen de communication à distance des sourds. En France, ils utilisent le minitel-dialogue, Internet ou les SMS.

que des mots sur un écran. Il peut rester complètement anonyme. Je décroche avec appréhension et regarde les lettres s'afficher lentement sur l'écran.

– TU ES LÀ, CAT ? C'EST TOI ?

Les doigts tremblants, je réponds :

– QUI EST-CE ?

– P... R... Les lettres s'alignent lentement sur l'écran. Mon cœur s'accélère alors qu'apparaissent O et F. Qu'est-ce que c'est que ça ?

– ESTR...

Mon angoisse se dissipe d'un seul coup, je sais quelles sont les lettres qui vont suivre : ADA.

– SALUT, PROF.

– SALUT. PRÊTE POUR TON PREMIER COURS ?

– OUAIS.

– RV DEVANT LE LABO DE LECTURE LABIALE À 18 H.

– OK.

Joey est-il conscient du risque que nous prenons ? Une signeuse et un oraliste qui se retrouvent au labo après les cours ? Impossible à savoir avec le Minicom : je ne vois pas l'expression de son visage.

– À TOUT À L'HEURE ! conclut Joey, et il raccroche sans me laisser le temps de répondre.

– C'était qui ? me demande Bee alors que je reviens dans la chambre.

– Joey Estrada.

– Joey ?

– Oui, je vais le retrouver au labo de lecture labiale…

Allez, autant tout lui avouer !

– … Ne le répète à personne, Bee, mais il va m'aider à m'entraîner.

Lentement, mécaniquement, elle lisse sa couette du plat de la main. Et finit par lâcher :

– Il ne sait pas qu'il se condamne à mort en donnant rendez-vous à une signeuse ?

Je hausse les épaules.

– Depuis que Max s'est battu avec Sammy, poursuit-elle, la guerre totale est déclarée. Tu ne peux pas sortir avec lui.

– Mais je ne sors pas avec lui, il va juste me donner des cours de lecture labiale.

Bee me dévisage en plissant ses yeux couleur noisette.

– La cité des sourds regorge d'espions. Il suffit qu'un oraliste et un signeur se *sourient* pour que la rumeur fasse le tour de l'institut. Tu cherches les ennuis, Cat.

– Tant pis pour les langues de vipère et les bruits de couloir, j'aime vraiment Joey. Tu ne peux pas comprendre ça, Bee ?

Haussant les épaules, elle se replonge dans son livre comme si ma question ne méritait même pas de réponse.

– Tu es morte, se contente-t-elle de signer.

Prends ça dans la tête.

Ça me dépasse, qu'elle réagisse ainsi. C'est pourtant ma meilleure amie ! Je sais qu'elle s'inquiète pour moi, mais d'habitude elle est toujours de mon côté, quoi qu'il arrive. Ces derniers temps, elle est systématiquement contre moi. Eh bien, tant pis, je ne vais pas la laisser gâcher mon premier semblant de rendez-vous avec un garçon...

Pourtant, alors que je file rejoindre Joey par les escaliers de derrière, je ne suis plus aussi sûre de moi. Je suis à la fois déprimée et surexcitée, angoissée et super-contente... Bref, totalement à la merci des autres (et surtout de mes ennemis !). Arrivée au premier étage, je m'arrête un instant pour regarder mon reflet dans la vitre et sortir ma chemise de mon jean. Mieux vaut que la taille de mes seins – beaucoup plus petits que ceux de Laurie – reste le plus longtemps possible un mystère...

Joey m'attend devant le labo. Ah ! ce sourire, il est à mourir... Je n'ai pas le temps de m'extasier parce que, juste à ce moment-là, Myra Ryder surgit d'un couloir. Je tente d'avertir Joey du regard mais, par chance, l'araignée vêtue d'un survêtement noir poursuit son chemin en ignorant les deux organismes monocellulaires primaires que nous sommes.

Je signe avec espoir :

– Elle ne t'a peut-être pas vu…

Tu parles, les arachnides ont une très bonne vision périphérique.

– Allez, viens ! m'encourage Joey. On a du pain sur la planche !

Comme si je risquais de l'oublier ! Les affiches de bouches géantes en train d'articuler des sons qui tapissent les murs du labo me rappellent pourquoi nous sommes là. Heureusement que, dans la réalité, cet organe n'est pas aussi répugnant, sinon on n'aurait pas souvent envie de s'embrasser !

Joey m'invite à m'asseoir, très pro.

Mon premier rendez-vous… avec un oraliste, en plus.

Le bonheur !

Chapitre 14

Ce labo est une vraie fournaise ! Le soleil de la fin de journée cogne sans pitié contre les carreaux, se réverbère dans les miroirs et fait pratiquement fondre les tabourets recouverts de plastique noir. Mais ce serait trop risqué d'ouvrir les fenêtres, quelqu'un pourrait le remarquer. Assise dans mon petit box tapissé de miroirs, je prends le casque que Joey me tend, mais, lorsque je le mets sur ma tête, il aplatit d'un coup mes cheveux... et tous mes espoirs.

Tu parles d'un rendez-vous romantique.

– On va commencer par le son *br*, décide Joey en ouvrant devant lui mon manuel (*Sur mes lèvres*, un titre prometteur). Tu vois comme mes lèvres vibrent quand je fais ce son ?

Je hoche la tête, littéralement suspendue à ses lèvres.

– À ton tour, Cat.

Atrocement gênée, je pince les lèvres.

– Non, non. Contracte davantage ta bouche et laisse sortir l'air d'un seul coup. Regarde-moi.

Je ne fais que ça ! Des lèvres aussi belles devraient être réservées aux baisers.

– Ça ne va pas, Cat. Tu ne roules pas assez ta lèvre inférieure. Regarde dans le miroir comment je fais.

J'essaie de l'imiter, mais j'ai l'impression que ma bouche est taillée dans la pierre et que je ne peux pas la bouger correctement.

– *Brrr... brrreeuh, brrrah, brrrrr.*

– Tu sens l'air vibrer sur tes doigts ?

Joey me prend la main et la plaque contre sa propre bouche.

– Tu sens ?

Quelqu'un hoche la tête. Ça doit être moi...

– Essaie encore.

Joey pose ses doigts sur mes lèvres pour vérifier que je fais comme il faut.

Il soutient mon regard pendant que j'articule.

– Voilà, on y est !

Ça, c'est sûr, on y est. Tous les deux, face à face. Nos reflets multipliés à l'infini dans ce petit espace nous fixent sans ciller. Quelque part dans ma poitrine un cœur bat. Sans un signe, Joey porte ma main à sa bouche et répète le son, encore et encore. Seules ses lèvres remuent. Puis, doucement, tendrement, il m'embrasse le bout des doigts.

Je me raidis au contact de ses lèvres si douces, si tendres. Le petit box tapissé de miroirs est un lumineux palais de conte de fées où se déroule le meilleur cours de lecture labiale de ma vie.

Jusqu'à ce qu'une ombre noire s'abatte sur nous.

Myra. Myra Ryder reflétée encore et encore dans les miroirs qui nous entourent, nous volant notre lumière rayonnante. Je ne sais pas depuis combien de temps elle nous observe, mais son air malveillant me dit qu'elle en a vu assez. Ses clavicules pointues se soulèvent en un haussement d'épaules exagéré, puis elle tourne les talons et claque la porte. Elle a eu ce qu'elle voulait.

J'ôte mon casque, les mains tremblantes.

– Il faut qu'on s'en aille, vite ! Myra doit déjà être en train de rameuter les foules. Ils vont nous lyncher. Dis que je t'ai forcé, Joey !

– Forcé à quoi ? À t'embrasser la main ?

– Non, à me donner des cours. Allez, viens.

Je le tire par le bras. Il ôte son casque à son tour.

– Tu as vraiment peur d'elle ?

– Joey, tu ne la connais pas. Elle… elle me hait. Elle m'en veut parce que je l'ai battue en cross. Elle ferait n'importe quoi pour se venger. Dépêchons-nous.

Il est déjà trop tard. Myra fonce droit sur nous, encadrée par ses deux esclaves volontaires, Judy et Sherry. Comme un trio de marionnettes, elles signent en chœur :

– Oraliste ! Oraliste !

Dans un geste protecteur, Joey pose le bras sur mes épaules. Il les provoque, elles enragent.

– Oraliste ! Oraliste !

Leurs signes tranchants fendent l'air.

– Oraliste ! Oraliste !

Elles scandent en rythme, encore et encore.

Puis, sournoisement, Myra lève la main gauche d'un air triomphal et agite les doigts de sa main droite à l'intérieur, mimant une langue qui frétille dans une bouche.

– À partir d'aujourd'hui, tu ne t'appelles plus Cat. Voilà ton nouveau signe.

Ce n'est pas un surnom qu'on peut traduire en mots – juste un horrible signe avec la main en forme de « C », comme mon initiale, et au milieu une langue qui gigote, symbolisant les oralistes.

Son sens est clair, cruellement clair. Myra traîne depuis assez longtemps son surnom d'« araignée », pour savoir à quel point il est blessant de se voir affublée d'un nom aussi laid. Elle cherche vraiment à m'atteindre profondément.

Voyant l'impact que cela a sur moi, Joey contre-attaque aussitôt en signant d'un air de défi :

– Tu viendras avec moi à la prochaine sortie des Explorateurs, Cat ?

Mes ennemies me fixent, leurs signes figés dans les airs.

– Tu viendras avec moi à la fête foraine ? insiste-t-il. Maintenant que tu suis les cours de lecture labiale, tu peux faire partie du club.

Oh ! Joey, j'aimerais tant y aller avec toi...

Bien sûr, si j'accepte en public, c'est du suicide.

Pourtant je forme avec ma main un OUI victorieux. Et je répète encore et encore :

– Oui ! oui ! OUI !

Chapitre 15

– Tu as accepté d'accompagner Joey à la prochaine sortie des Explorateurs ? Devant Myra et sa bande ?

Bee reste plantée au milieu de la kitchenette du dortoir, abasourdie par la nouvelle.

– Cat... tu es folle ou quoi ?

– Oui, folle de lui...

Je ne peux pas m'empêcher de sourire béatement. Cette demi-heure passée avec Joey m'a rendue tellement heureuse ! Tellement heureuse que personne ne peut m'atteindre, ni Bee, ni même la cité des sourds au grand complet.

Pourtant, Bee revient à la charge :

– Admettons que tu sois amoureuse d'un oraliste. Avais-tu vraiment besoin de le crier sur tous les toits ?

Oui, j'ai envie de le crier au monde entier. Pas besoin de répondre, mon visage parle pour moi.

Le garçon de mes rêves m'a demandé de sortir avec lui. Il m'a embrassé le bout des doigts. Il m'aime !

Malgré les protestations de mon amie, je la prends par la main pour l'entraîner dans une danse endiablée au beau milieu de la cuisine. Je me cogne dans les placards, je renverse les chaises en riant comme une folle. Finalement, Bee est gagnée par le rire.

– Cat, tu es complètement dingue...

Peut-être, mais comment résister à Joey ? Je n'ai jamais rencontré un garçon qui soit aussi drôle, et en même temps sérieux et réfléchi quand il le faut. Un garçon aussi gentil, courageux et attentionné. C'est le garçon dont j'ai toujours rêvé !

Le soir, dans mon lit, j'imagine qu'on sort ensemble. Il m'embrasse le bout des doigts, les mains, les bras, le cou... puis la bouche...

Soudain, un rayon de lumière éblouissant fend l'obscurité de la chambre et vient dessiner de grandes lettres au plafond. Quelqu'un écrit un message à la torche, un message qui m'est clairement destiné :

PRENDS GARDE À TOI, TRAÎTRESSE

Remontant ma couette sur ma tête, je m'enfouis dans les profondeurs de mon lit et je reste blottie là, dans le noir, en sécurité, seule avec les battements de mon cœur. J'ai peur. Très peur. Qui me menace ? Et de quoi ?

Lorsque, enfin, je sombre dans un sommeil agité, je suis torturée par d'affreux cauchemars. Je suis petite, toute petite, abandonnée au fin fond de la forêt. Un énorme monstre me pourchasse, tapi dans l'ombre menaçante des bois.

« Maman ! Maman ! »

Je crie, mais aucun son ne sort de ma bouche. Terrorisée, je cours, je cours et je trébuche tandis que le monstre se rapproche...

Je me réveille en sueur, hurlant, une mèche de cheveux trempés dans la bouche. Je la recrache et, encore tremblante, je titube jusqu'au lavabo pour m'asperger le visage d'eau froide. Une faible lueur jaune filtre à travers les rideaux.

Pas la peine d'essayer de me rendormir.

La seule chose qui me console, c'est que rien de ce qui me menace dans la réalité ne peut être aussi affreux que mes propres rêves.

En première heure, je me traîne en cours de culture sourde. Mon cerveau est engourdi et j'ai mal aux yeux. Je suis malgré tout assez réveillée pour remarquer qu'on a punaisé au mur une affiche annonçant le débat – j'ai l'impression de voir ma condamnation à mort.

– Cat, tu es avec nous ?

Le parfum d'Aggy me chatouille les narines alors qu'elle me pose la main sur l'épaule.

– Avance ta chaise dans le cercle, avec les autres.

C'est bien ma veine... Si on doit se mettre en cercle, je peux dire adieu à ma petite sieste !

– Autrefois, les sourds étaient considérés comme des « attardés ». J'aimerais qu'on cherche à comprendre pourquoi, tous ensemble, commence-t-elle en se perchant sur le coin de son bureau. D'abord, les sourds peuvent paraître bizarres parce que les expressions de leur visage sont parfois exagérées.

En guise d'illustration, elle fait une grimace. Toute la classe se tord de rire.

– Et ces grimaces mettent les entendants mal à l'aise. Quelqu'un veut réagir là-dessus ?

Au début, personne ne répond. Myra, qui est assise à côté de moi, en profite pour revenir à la charge en me faisant son horrible signe (cachée derrière son classeur, bien sûr).

– Tu veux dire quelque chose, Myra ? demande Aggy.

L'araignée gigote sur sa chaise.

– Euh... je disais juste que... les signeurs qui apprennent à parler sont des traîtres.

– Oui, ce sont les entendants qui devraient apprendre à signer, affirme Megan Gerard.

Jack intervient alors – et il a l'air sérieux pour une fois :

– Je ne suis pas d'accord. La langue des signes est notre langue. Mes parents m'ont élevé dans le respect de cette langue. Ce n'est pas...

Il marque un temps d'arrêt, lui-même surpris par l'intensité de sa réaction.

– ... un truc facile, que les gentils entendants bien intentionnés peuvent apprendre comme ça, pour impressionner les autres.

– Ton opinion est intéressante, Jack, remarque Aggy. Qu'en penses-tu, Cat ?

Onze paires d'yeux se tournent vers moi. Je baisse la tête, absorbée dans la contemplation de ma trousse, quand, soudain, je repense à Joey qui m'a prise dans ses bras alors que j'étais encerclée par la bande de Myra. Ça me donne le cran de répliquer :

– Je pense que plus il y aura de gens qui apprendront la langue des signes, mieux ce sera.

Bee m'adresse un demi-sourire (de la part de ma meilleure amie, j'aurais espéré un sourire entier, mais bon...) et d'autres élèves se mêlent au débat. La discussion a beau être passionnée, j'ai l'impression que le temps ne passe pas et je suis soulagée lorsque l'alarme lumineuse annonce la fin du cours.

En lecture labiale, l'Homme-Singe, remarquant que je ne suis pas très attentive, agite les mains sous mon nez :

– Hé, miss, tu es censée rattraper ton retard, pas rêvasser !

Rien de terrible, mais ça suffit à me donner envie de pleurer. Qu'est-ce que je fabrique dans cette classe de bébés au milieu de ces affreuses affiches et de ces gamins surexcités ?

Quand ma voisine de table fait bouger le bureau pour la énième fois, je craque :

– Jenny ! tu as failli faire tomber mon livre !

La petite serre les jambes en me regardant d'un air pitoyable.

– J'ai envie d'aller aux toilettes.

– Demande à l'Homme-Singe, il te laissera sortir.

Jenny secoue la tête.

– Non, à cause des signeurs...

Juste à ce moment, l'alarme annonce la récréation. Alors que nous rangeons nos affaires, je demande :

– Comment ça ?

En quittant la salle, Jenny m'explique :

– Ils attendent qu'on soit tout seuls dans le couloir pour nous embêter et nous faire des signes horribles.

Et, sur ce, elle file aux toilettes.

La guerre de la cité des sourds empire chaque jour.

Je me rappelle que, moi aussi, je me faisais embêter quand j'étais en cinquième (cette guerre dure depuis toujours). Même si j'étais grande pour mon âge, malgré tout, j'avais peur des bandes d'oralistes qui nous coinçaient dans les couloirs. Dès qu'il n'y avait pas de prof dans les parages, ils en profitaient pour nous humilier. Et maintenant les signeurs font la même chose.

Après cette matinée d'enfer, je suis soulagée d'aller à l'entraînement. Mlle Zee nous assène un de ses petits discours :

– N'oubliez pas de vous économiser. Ne donnez pas tout dès le début, vous aurez besoin d'énergie pour le sprint final.

Compris.

– Bien, on commence par un tour d'échauffement.

Au coup de sifflet, nous décollons.

Un-deux, un-deux, inspiration. Un-deux, un-deux, expiration. Le poids qui me pèse sur la poitrine s'allège à chaque respiration. Un-deux, un-deux, inspiration... Je m'imagine que chaque foulée est une bataille gagnée dans la guerre de la cité des sourds. Si seulement je pouvais franchir aussi aisément les obstacles de ma vie !

Mlle Zee nous attend sur la ligne d'arrivée pour nous faire ses commentaires.

– Myra, tu forces trop au démarrage. Il faut que tu doses ton effort, comme Cat.

L'araignée me lance un regard assassin.

Super !

Mlle Zee consulte son chronomètre.

– Maintenant vous allez courir une bonne demi-heure en pleine nature dans les bois. À vos marques. Prêts ? Partez !

Un-deux, un-deux, inspiration. Un-deux, un-deux, expiration. Nous nous dirigeons vers la forêt qui borde le terrain de sport.

C'est si bon...

Tant pis pour Myra. Elle est déjà en tête. Très bien, passe devant si tu veux, de toute façon je te rattraperai. Tu verras. J'ai confiance, je cours bien.

J'ai trouvé mon rythme de croisière, mais, au moment où j'entre dans les bois, je prends quelque chose de dur de plein fouet dans les tibias. Vlan !

– Aïïïïe !

Je m'étale de tout mon long. Étendue par terre, pétrifiée de douleur, j'aperçois, brillant d'un éclat menaçant dans la lumière du soleil, une longue barre d'acier. Une barre d'obstacle posée entre deux arbres, soigneusement cachée par les feuillages. Le sang coule le long de ma jambe, trempe mes chaussettes, mais une seule question résonne dans ma tête...

L'a-t-on mise là exprès pour moi ?

Chapitre 16

Mlle Zee accourt vers moi.

– Laisse-moi voir l'étendue des dégâts, Cat.

Avec précaution, je soulève ma main poisseuse pour révéler une profonde entaille en travers de mon tibia.

– Ouille !

– Je crois qu'il va falloir te recoudre.

– Mais... et la finale régionale ?

Elle a l'air aussi désolée que moi.

– J'ai bien peur qu'il faille attendre que ça cicatrise, Cat. Viens. Je vais t'aider à te relever et t'accompagner à l'infirmerie.

Aussitôt, je panique.

– Ils ne vont pas m'emmener à l'hôpital, hein ?

Mlle Zee a l'air surprise qu'une grande fille comme moi ait peur de l'hôpital.

– Ne t'inquiète pas, Cat. Les points de suture, ça ne fait pas si mal.

Comment lui expliquer que ce ne sont pas les points qui m'effraient, mais l'odeur de désinfectant, les blouses blanches, toutes ces mains froides et efficaces ?...

Une heure plus tard, je suis à l'hôpital, sous la lumière crue de la salle d'attente. L'odeur d'antiseptique me prend à la gorge. Cramponnée aux bras de mon fauteuil roulant, je me sens toute petite, apeurée, seule au monde.

Sans prévenir, un homme en combinaison verte saisit mon fauteuil par-derrière et m'emmène je ne sais où. Sans doute est-il en train de m'expliquer où nous allons, mais, quand on est sourd et qu'on ne sait pas lire sur les lèvres, on réagit avec ses tripes. Et là, ma réaction, c'est de trembler de la tête aux pieds, terrorisée. Le monde se met à tourner autour de moi, toutes les couleurs se brouillent... Une fois dans la salle d'examen, je suis prise d'une peur panique, une terrible vague d'angoisse me submerge, m'engloutit. Je crie, je me débats, tentant d'échapper aux mains fermes et habiles qui me retiennent. Soudain, j'ai cinq ans à nouveau et je suis très très malade...

Une infirmière en blouse blanche me domine de toute sa hauteur. Elle a une minuscule tête rose pas plus grosse qu'une tête d'épingle, mais ses mains immenses viennent m'arracher à mon refuge, mon petit lit, où j'essaie de lui échapper, pour me piquer avec sa grosse aiguille.

« Maman ! *Maman* ! »

Je crie, je hurle, mais aucun son ne sort de mes lèvres. Je suis plongée dans le silence – le silence qui tombe à gros flocons glacés dans un abîme infini... où le silence est encore plus profond.

Maman m'a abandonnée. Je suis toute seule dans le silence.

Lorsque j'émerge de ce cauchemar, le visage de ma mère flotte au-dessus de moi, d'abord flou puis de plus en plus net. Elle a exactement la même expression angoissée, préoccupée et tendre que dans mes souvenirs de petite fille. Et brusquement toute la peur, toute la tristesse que j'ai éprouvées à l'époque me reviennent d'un coup.

– Ne me laisse plus jamais, maman. Ne me laisse pas.

– D'accord, ma puce.

Quelques heures ou quelques minutes plus tard (c'est bizarre, le temps se compresse et se déploie tour à tour, comme un accordéon), maman est toujours là. Dans le flot d'idées confuses qui m'emplissent la tête, une question revient sans cesse. Mes inhibitions semblent s'être envolées, et j'ose enfin la poser. La grande question, celle qui me brûle les lèvres :

– Maman, pourquoi... pourquoi m'as-tu abandonnée ?

– Je suis là, Cathy.

– Non, avant...

– Je suis venue aussi vite que j'ai pu.

– Non, non ! *Avant*. Quand j'étais petite, à l'hôpital. Je t'ai appelée... J'ai crié, crié, tu n'es jamais venue.

Maman ne répond pas tout de suite. Puis elle m'explique en signant lentement et je vois défiler sur son visage ces souvenirs douloureux :

– Tu avais tellement de fièvre qu'ils m'ont demandé de sortir de ta chambre... Je ne voulais pas, mais ils m'ont obligée. J'ai attendu des heures et des heures dans ce couloir sinistre. C'était affreux d'être là à imaginer ce qu'ils pouvaient bien faire à ma petite fille, derrière cette porte close. Je suis restée là, tout le temps. Jamais je ne t'aurais laissée.

– Tu n'es pas partie ?

– Non, pas un seul instant.

Un immense soulagement m'envahit, emportant tout avec lui, comme une pluie bienfaisante. Je sombre petit à petit dans le sommeil, bercée par la douceur de cette nouvelle : ma mère ne m'a pas abandonnée.

Je serre sa main dans la mienne.

– Ah bon... Bon... bonne nuit, maman.

– Bonne nuit, mon cœur.

Chapitre 17

Il a fallu me faire six points de suture sur la jambe. Je ne sais pas si j'ai crié fort, mais il paraît que la table d'examen gardera à tout jamais la trace de mes coups de pieds.

La honte.

De retour à la cité des sourds, je suis dispensée de cours et, au bout d'une journée et demie enfermée dans ma chambre à m'énerver sur mon discours, je deviens folle. Mon prétendu accident m'a tellement bouleversée que je n'arrive pas à mettre mes idées en forme pour ce fichu débat. À l'heure du déjeuner, je me décide donc à quitter ma tanière et je boitille jusqu'au réfectoire à la recherche de Bee.

Posant ma jambe blessée sur une chaise, je lui explique :

– Je commençais à devenir claustrophobe dans cette chambre !

– Ma pauvre Cat ! me console-t-elle, je vais te chercher à manger.

– Merci.

Bee est redevenue super-gentille avec moi depuis mon accident. Cinq minutes plus tard, elle me rapporte un plateau chargé de mes plats préférés.

Max et Lyn sont sur ses talons.

– Qui t'a fait ça ? demande Max en montrant ma jambe du doigt.

Je hausse les épaules.

Il réplique alors :

– T'inquiète ! De toute façon, je le trouverai.

– Écoute, Max, c'est gentil de veiller sur moi, mais je ne veux pas aggraver les choses. C'était sans doute un accident.

Lyn tire son petit ami par le bras.

– Viens, Max. Tant pis, laisse-la se débrouiller.

Et ils s'en vont tous les deux.

Moi qui croyais que Lyn était mon amie.

J'essaie de prendre tout ça avec humour en signant :

– Avec des amis pareils, pas besoin d'ennemis !

Contre toute attente, la réponse de Bee n'est pas des plus sympathiques :

– Tu devrais t'estimer heureuse que Max soit de ton côté.

– Qu'est-ce que tu insinues ?

Bee soupire :

– Je ne voulais pas t'en parler, Cat... Enfin, voilà : d'après Jack, certains garçons n'apprécient pas que tu sortes avec un oraliste. Tu sais, ils considèrent que les filles qui signent sont leur chasse gardée.

– Mais je ne leur appartiens pas !

– Seulement, d'habitude, les signeurs restent entre eux. Enfin, qui sait, Dave Grant va peut-être te demander de sortir avec lui.

– Dave Grant ? Il ne m'a jamais adressé la parole.

– Eh bien, je crois qu'il veut sortir avec toi. Et il paraît que d'autres garçons aimeraient te proposer d'aller à la soirée de Noël...

– Qu'est-ce qui leur prend tout à coup ?

Soudain, une idée atroce me vient à l'esprit.

– J'ai compris ! Ils veulent me caser pour éviter que je sorte avec Joey.

L'air gêné de Bee me confirme que j'ai vu juste.

– Non, ce... ce n'est pas exactement ça...

– Ouais, tu parles ! J'ai fait tapisserie pendant des années et là, brusquement, parce que Joey s'intéresse à moi, tous les signeurs me remarquent. Pas question !

Bee insiste :

– Cat, si tu sortais avec un signeur, on pourrait faire des virées à quatre, avec Jack. On s'amuserait bien. Comme avant.

L'allusion ne m'a pas échappé : ainsi elle considère que tout a changé entre nous. Ça me fait de la peine.

J'essaie de m'expliquer :

– Bee, je sais que je suis une signeuse, mais je peux sortir avec un oraliste, si j'en ai envie. Et j'en ai envie ! Joey me plaît. Je lui plais. Il me réapprend à parler. Tout me revient. La façon d'ouvrir la bouche et d'articuler. Je me rappelle cette sensation... Et j'aime ça, Bee ! J'aime être avec lui, j'aime quand il m'apprend à parler.

– J'avais remarqué.

– Je suis désolée, Bee. Les petites règles de la cité des sourds, ce n'est pas la loi universelle.

– Sauf que c'est *notre* loi ! Et ce n'est pas parce que tu sors avec l'ennemi que ça va changer.

Bee se penche pour me prendre la main.

– Moi aussi, je suis désolée, Cat. Mais il fallait que quelqu'un te le dise. Et tu comptes beaucoup pour moi, tu sais.

– Je sais.

Je voudrais lui sourire, mais je ne peux pas, obnubilée par l'idée que je puisse être le « lot de consolation à la grande tombola des cœurs à prendre ». Je suis vraiment si moche que ça ?

Lorsque l'alarme lumineuse annonce la reprise des cours, Bee me serre dans ses bras avant de filer. Je regagne la chambre clopin-clopant pour m'atteler de nouveau à mon discours avant ma leçon de lecture labiale avec Joey. Tant pis, Myra n'a qu'à remporter la finale de cross, je suis hors course maintenant.

En boitillant jusqu'au gros noyer où Joey doit me retrouver, derrière le bâtiment de sciences, je réfléchis. Moi qui me plaignais que les garçons d'ici ne pouvaient être que des copains pour moi... Eh bien, désormais, même plus !

Je m'installe avec précaution, allongeant ma patte raide dans l'herbe. Le plus ironique dans tout ça, c'est que Joey, censé être mon ennemi, est bien la seule personne sur qui je puisse compter ces derniers temps. Adossée au tronc du noyer, je regarde les branches se découper contre le ciel. Si seulement mes problèmes pouvaient s'envoler, dépasser la cime des arbres et se dissoudre dans l'azur...

Tout est si compliqué.

Au loin, j'aperçois un groupe d'oralistes qui traverse la pelouse pour rejoindre le bâtiment de sciences. Ils discutent, gesticulent, ils ont l'air sympa et parfaitement à l'aise. Pourquoi devrais-je les considérer comme des ennemis ? Ils sont sourds comme moi, après tout, non ?

C'est alors que j'ai une révélation.

Ici, à la cité des sourds, on a coutume de se plaindre de ce que les entendants font subir aux sourds, mais en réalité, entre nous, nous sommes encore pires ! N'est-il pas injuste d'interdire à un individu de changer de mode de communication s'il le souhaite ? D'empêcher signeurs et oralistes de se mélanger ?

Prise d'une soudaine inspiration, je saisis mon bloc-notes pour rédiger mon discours :

Jeunes sourds d'ici et d'ailleurs, refusez d'être victimes de l'injustice et de la ségrégation !

Les mots coulent tout seuls, une véritable avalanche :

Avez-vous envie de passer toute votre vie dans un ghetto sourd ? Un ghetto où règnent la suspicion et la haine ? Si tel est votre choix, vous n'en sortirez jamais.

Les phrases se succèdent sans effort, la page se remplit. Je couche noir sur blanc tout ce que j'ai à dire :

Les gens ne peuvent pas nous comprendre. Les entendants se prennent pour nos interprètes. Parfois ils ne traduisent pas exactement ce que nous souhaitons dire et c'est très frustrant...

Je suis tellement concentrée que je n'ai pas vu Joey approcher. Voilà qu'il est juste devant moi.
– Comment va ta jambe ?
– Quoi ? Oh...
Je lui souris.
– ... Ça me lance un peu. Mais le pire, c'est d'avoir dû quitter l'équipe de cross. Enfin, encore une journée sans entraînement et j'aurai fini mon discours. Je crois que ça y est, je tiens le bon bout.

Joey s'assied à côté de moi.

– Ah ! tant mieux. Il est temps que la cité des sourds découvre la communauté sourde.

– Mais la cité des sourds, c'est la communauté sourde !

Il secoue la tête :

– Non, la communauté sourde, c'est l'ensemble des sourds et, dans le monde, il y a des sourds qui ont des idées bien différentes de celles des gens d'ici.

– Comment ça ?

– Par exemple, il y en a qui pensent que tous les sourds devraient oraliser pour faciliter leur intégration.

– Mais les sourds de naissance ont beaucoup plus de mal à apprendre à parler que les malentendants.

– Je suis sourd de naissance.

– Non ?! Toi ?

Je n'en reviens pas. Étant donné que Joey est oraliste, j'étais persuadée qu'il avait perdu l'audition après avoir appris à parler, comme moi.

– Mais... tu parles super-bien !

– C'est ce que tu crois ! Tu n'entends pas ma voix. D'après mon petit frère, je parle comme un robot.

Je souris.

– Les robots sont les hommes du futur.

– Merci.

Joey se met à signer avec des mouvements mécaniques, comme un robot :

– Prête-pour-ton-cours-de-lecture-labiale, mon-petit-droïde ?

Je réponds en riant :

– Parée au décollage, R2-D2.

Joey ouvre le manuel sur ses genoux et se met au travail. Maintenant, je suis habituée aux manières de professeur sérieux et consciencieux qu'il prend pendant les cours, et ça me plaît bien, finalement.

– L'une des particularités du langage oral, commence-t-il, c'est qu'il y a des mots qui se prononcent exactement pareil alors qu'ils ne veulent pas du tout dire la même chose.

– Ah bon ?

– Par exemple, l'adjectif « lisse » se prononce comme le nom de la fleur de lys.

Joey épelle « lys » en dactylologie et j'articule le mot sans bruit.

– Non, Cat. Regarde mes lèvres.

Je fixe sa bouche toute douce tandis qu'il répète :

– Lys. Lys. Lys.

J'imite le mouvement, roulant le *l* avec ma langue, puis sifflant doucement le *s*.

– Lys, lys, lys.

– C'est ça !

En riant, je m'amuse à répéter :

– Un lys tout lisse, lisse, lisse !

– Hé ! ce serait un joli nom pour toi. Lys, une fleur blanche, pure, royale ! Comme toi.

Joey fait le signe du lys, chassant instantanément l'abominable signe de Myra de ma mémoire.

Intriguée, jc dcmande :

– Comment ça, je ressemble à un lys ?

– Tu es grande, majestueuse et en même temps fragile. Comme un lys.

Joey me frôle la joue du bout du doigt, puis d'un geste théâtral fait mine de me tendre un lys imaginaire.

C'est le plus beau moment de ma vie.

Chapitre 18

C'est officiel. Je sors avec Joey.

Nous essayons de ne pas trop nous afficher ensemble (ce serait du suicide avec la guerre qui divise la cité des sourds), mais tout le monde s'en doute. D'ailleurs, aucun garçon du clan signeur ne m'a invitée pour la soirée de Noël. Bee les a sans doute prévenus de l'accueil qu'ils risquaient de recevoir.

La fin du trimestre approche, tout se précipite. En plus des préparatifs pour la soirée, demain Bee joue sa pièce et moi, j'ai le débat – vous imaginez dans quel état on est, toutes les deux ! C'est aujourd'hui qu'a lieu la finale régionale de cross et, même si ma jambe s'est bien remise, je n'ai pas le droit d'y participer. Myra a intérêt à remporter la médaille pour sauver l'honneur de l'institut !

Je suis désolée de laisser tomber l'équipe, mais je n'y peux rien.

Il faut que je me concentre sur ce que j'ai à faire.

Demain, je vais poser ma tête sur le billot en affirmant que « les sourds doivent s'intégrer dans le monde des entendants ». Il va me falloir toutes mes facultés et mon énergie pour défendre ce point de vue.

Par une heureuse coïncidence, c'est ce soir que les Explorateurs vont à la fête foraine et, comme j'ai eu de bonnes notes en lecture labiale (grâce à Joey !), l'Homme-Singe a accepté que je les accompagne. Non seulement c'est une victoire pour moi mais...

C'est aussi ma première sortie avec Joey !

Après tant d'années passées à faire tapisserie, j'ai enfin un petit ami, c'est trop pour moi ! J'ai envie de danser, de crier, de m'envoler... mais, à la place, je me contente d'écrire une lettre à ma mère.

Dans la salle commune des terminales règne une atmosphère décontractée de fin de trimestre. Tout le monde se retrouve là, tranquille, pour regarder les dessins animés (c'est cool, pas besoin de s'embêter à lire les sous-titres), bavarder ou feuilleter des magazines. Bee et moi, nous avons de la chance : il reste juste deux fauteuils libres dans le fond.

Dans ma lettre, je glisse un mot au passage sur la sortie de ce soir, mais sans parler de Joey. Je connais ma mère, elle va commencer à paniquer en pensant que je grandis trop vite et bla, bla, bla... Comme elle n'a pas été très présente durant mon enfance, elle a tendance à me prendre encore pour une petite fille, même aujourd'hui. Je décore ma lettre de jolies fleurs (dont un lys blanc, ma fleur préférée !). Depuis que je sais que maman ne m'a pas abandonnée toute seule à l'hôpital comme je le croyais, je fais plein de petits trucs comme ça pour lui montrer que tout s'est arrangé entre nous.

Ces derniers temps, maman et moi, nous avons beaucoup discuté par Minicom de l'époque où j'ai eu ma méningite. Elle croyait que j'étais trop malade pour me rendre compte de ce qui se passait, et elle a été stupéfaite d'apprendre que, en réalité, j'étais consciente de tout. Elle m'a dit qu'elle était aussi soulagée que moi qu'on puisse enfin en parler. Apparemment, ça lui a crevé le cœur de devoir me laisser à la cité des sourds, mais elle pensait que c'était mieux pour moi. Et elle avait raison.

Après avoir écrit l'adresse, je ferme l'enveloppe. Bee me regarde d'un air interrogateur :

– Tu as dit à ta mère où tu allais ce soir ?

– Oui.

– Je ne comprends pas pourquoi tu ne veux pas suivre mon conseil.

– Prétexter que je suis malade sur les manèges pour ne pas y aller ? Pas question !

– Tu n'y connais rien. Joey comprendra. Ça réveillera son instinct protecteur...

– Permets-moi d'en douter, le vomi, ce n'est pas follement romantique !

Parfois je me demande quand Bee acceptera enfin de considérer les choses de mon point de vue. En ce moment, nous ne sommes d'accord sur rien. Mais, en voyant ses cheveux dorés qui s'étalent sur ses épaules comme du caramel fondu, je me sens submergée par une vague d'affection. Il faut que j'arrive à lui faire comprendre !

– Dis, Bee, tu te souviens, dans *Alice au pays des merveilles*, l'image que tu aimais tant quand tu étais petite, celle où Alice regarde par la minuscule porte du jardin ?

– Oui, et alors ?

– Alice a envie de passer par cette porte pour aller de l'autre côté, dans le jardin.

– Mm… et quel est le rapport avec cette sortie idiote ?

– Tu ne vois pas ? Cette sortie à l'extérieur de l'institut, c'est comme passer de l'autre côté de la porte, pénétrer dans un autre monde.

Les joues de pêche de Bee deviennent rouge cerise.

– Ouais, c'est ça ! Les oralistes n'acceptent pas leur surdité. Mais ça ne change rien : ils sont sourds, sourds, SOURDS ! Comme nous tous. Il va falloir que tu t'y fasses : tu n'entendras *jamais* !

Je recule comme si j'avais été frappée au visage.

– Tu crois que je ne le sais pas ? À chaque seconde de ma vie, je le sais, je le sens. Je suis sourde quand je mange, sourde quand je pense, sourde quand je respire…

– Tu sais quel est ton problème ? Tu te souviens du temps où tu entendais. Du coup, la surdité est un fardeau qui te pèse énormément.

– Je ne vois pas pourquoi je serais exclue du monde des entendants, c'est tout.

Des larmes de rage brillent dans les yeux de Bee.

– Tu ne peux pas faire partie du monde des entendants ! Tu n'es qu'une idiote de sourde qui rêve tout éveillée !

Aïe.

– Jamais ils ne nous accepteront, à l'extérieur, poursuit-elle sans pitié. Ils nous traitent comme des citoyens de seconde zone.

Bee imite alors les bonnes âmes qui disent se préoccuper de notre sort :

– Oh ! il faut les aider, ces pauvres débiles de sourds. C'est tellement beau, tous ces signes qu'ils font. J'adooore.

– Arrête !

– Allez, vas-y ! Dehors ! Après tout, tu peux bien faire ce que tu veux, je m'en f…

Là, Bee fait un signe très grossier.

– Tu ne le penses pas, Bee.

– Si.

Elle se lève brusquement.

– J'en ai par-dessus la tête de devoir te défendre. À cause de toi, mes amis me tournent le dos. J'ai failli perdre Jack…

J'avale péniblement ma salive.

– Bee ! pourquoi tu ne m'as rien dit ?

– Parce que tu étais trop occupée, entre tes cours de blabla débiles et ton sale oraliste de petit ami !

– Mais si j'avais su...

Bee lève la main pour m'interrompre.

– Ça m'est égal, maintenant. Va découvrir le vaste monde puisque tu en as tellement envie !

– *Bee...*

– Avec tous tes beaux rêves, tu ne vaux pas mieux que cette idiote d'Alice au pays des merveilles !

Et sur ces mots elle s'enfuit, en larmes.

Voilà donc ce que pense ma meilleure amie !

Elle veut que je choisisse entre la cité des sourds et le monde extérieur, entre Joey et elle. Mais je ne vois pas pourquoi je devrais choisir. Pourquoi je devrais renoncer au bonheur de sortir avec Joey. Pourquoi je devrais renoncer à parler.

Je passe le reste de la journée toute seule, affalée sur mon lit, à pleurer ou à fixer le plafond en me demandant ce que je dois faire. Mais la réponse n'est pas écrite là-haut.

Alors je me lève pour faire ce que je fais toujours quand je suis angoissée : arpenter la chambre de long en large en enroulant des mèches de cheveux sur mes doigts – ce qui transforme ma tignasse en longues anglaises, au lieu de la touffe hirsute de d'habitude. En passant devant le miroir, je ne peux m'empêcher de penser que c'est vraiment dommage que personne ne me voie comme ça. Je prends dans mon armoire le pull bleu que j'avais prévu de mettre ce soir – parce que Joey adore le bleu. C'est vrai qu'il fait ressortir le vert de mes yeux sur ma peau blanche.

Blanche, comme un lys.

– Comme un lys, toute lisse.

J'articule les mots devant le miroir en regardant mes lèvres. Parler. J'aime parler. Je veux parler.

Je vais aller à cette sortie !

Pourtant, alors que je rejoins le petit groupe d'oralistes qui attendent le car en discutant, je suis une vraie boule de nerfs. Et si Bee avait raison... Je ne suis peut-être pas à ma place...

Le cœur battant, je cherche Joey des yeux, en vain.

Il n'est pas là ! Il n'est pas là !

Si seulement je pouvais me fondre dans la nuit, sans me faire remarquer... Manque de chance, Laurie Dean m'a repérée. Elle fronce ses jolis sourcils bien dessinés. Puis elle se tourne pour dire quelque chose à sa copine. Elles me regardent en rigolant.

Je ne serai jamais à ma place parmi eux. Écœurée et amère, je fais demi-tour.

Lorsque soudain quelqu'un me retient par le bras.

Chapitre 19

C'est Joey.

Joey, en jean des pieds à la tête (et, croyez-moi, le jean n'est jamais allé aussi bien à personne).

– Salut, Cat ! me dit-il en accompagnant ses mots de signes. L'Homme-Singe est en train de faire son petit discours.

Effectivement, M. Davis s'adresse à nous, perché sur les marches du car. Bien que la lueur des fenêtres de la cité des sourds éclaire son visage, je ne saisis qu'un mot sur deux, parce qu'il ne signe pas.

– Restez... groupe... retrouvez...

Tout le monde a l'air de comprendre. Sauf moi. Je suis folle, jamais je n'aurais dû m'inscrire à ce club. Bee avait raison.

Non, mon ennemi, ce n'est pas l'extérieur. Mon ennemie, c'est Laurie Dean, avec son joli pull angora et son pantalon rose dragée. Elle s'approche de Joey en remuant ses lèvres brillantes. Elle a une arme bien plus puissante que toutes les haches du monde.

Sa voix.

Le petit groupe grimpe à bord du car en riant et en bavardant. Joey me fait signe de les suivre, parce qu'il a un mot à dire à l'Homme-Singe. Alors qu'il s'arrête pour parler au prof, je monte les marches lentement, avec le derrière de Laurie Dean qui se trémousse juste sous mon nez.

Dans l'étroite allée du car, quelqu'un me pousse. C'est mon vieil ennemi, Sammy Jackson.

– Tiens, tiens... voilà la signeuse de service !

– Fais gaffe, Sammy ! le menace Joey, qui vient d'arriver juste derrière lui.

Sammy hausse les épaules avant d'ajouter en signant :

– Ça fait plaisir de voir que les sourds nous acceptent enfin.

Je me laisse tomber sur un siège. J'ai l'impression d'être complètement vidée, comme un ballon crevé.

L'Homme-Singe est à l'avant, il nous fait ses dernières recommandations, en employant à la fois les signes et la parole. Merci, Joey, de lui avoir rappelé l'importance de la communication totale !

– Je vous demande de bien vouloir vous rasseoir à la même place au retour. Notez bien à côté de qui vous êtes.

Ça, je le sais !

Laurie Dean a réussi à s'installer de l'autre côté de l'allée, au même niveau que Joey. Elle n'arrête pas de se pencher vers lui en secouant ses mèches blondes, déterminée à lui faire la causette pendant tout le voyage. Je me tourne vers la fenêtre, pour montrer que ça ne m'atteint pas. Mais j'observe son reflet dans la vitre, toutes ses simagrées et ses sourires mielleux. Et je suis sûre, rien qu'à voir la nuque de Joey, qu'il est sous le charme.

OK, Laurie, mais tu n'es pas la seule à savoir jouer à ce petit jeu.

Le car vient à peine de se garer sur le parking que je suis déjà debout. Je pousse Joey devant moi, alors que ma rivale est encore en train de chercher quelque chose dans le porte-bagages. Et, avant qu'elle ait pu se retourner, Joey et moi sommes tous les deux dehors, seuls sous le clair de lune.

Je lui caresse le bras en l'entraînant loin du car.

– Viens, Joey. C'est notre soirée à nous.

Les yeux pétillants, il me répond :

– Waouh ! Je ne te connaissais pas comme ça, Cat.

Moi non plus, mais nous allons faire connaissance !

En moins de temps qu'il n'en faut pour le dire, nous avons déjà dégommé tous les canards du stand de tir, fait un tour de chevaux de bois, lancé des balles au jeu de massacre et partagé trois hot-dogs. Maintenant, nous sommes aux jeux vidéo et, alors que je regarde Joey faire une partie de flipper, je me dis que je suis une fille comme les autres : on est vendredi soir, je sors, je m'amuse ! Je ne suis peut-être pas si différente des entendantes, après tout. La balle fuse dans tous les sens, le flipper clignote de partout. Joey vient de remporter le jackpot pour la troisième fois.

– Waouh, t'es super-doué !

Il est même tellement doué qu'il attire une foule de spectateurs. Mille, cinq mille, la balle zigzague, se cogne, rebondit. Je m'accroche à l'appareil qui vibre et tressaute...

Jackpot !

Lorsque Joey lève les bras en signe de victoire, un type en blouson de cuir lui crie quelque chose. Joey lui montre ses prothèses en secouant la tête.

– Je suis sourd, explique-t-il.

Mais le garçon insiste, il continue de parler. Le pauvre Joey doit se concentrer pour lire sur ses lèvres, et finalement il lui répond quelque chose qui déclenche hourras et applaudissements.

Alors que nous nous éloignons, je lui signe, toute fière :

– Tu as été génial, Joey.

– Je sais, je sais, fait-il, modeste.

Et nous éclatons de rire.

Je n'arrive pas à y croire. Je suis là, à la fête foraine, avec Joey Estrada. Il m'entraîne vers un stand de barbe à papa. Quand il prend ma main dans la sienne, je reçois une décharge électrique dans le bras.

– Tu en veux une ?

– Miam !

– Ah, on a les mêmes goûts ! signe-t-il avec un grand sourire.

Et il se tourne vers la vendeuse pour lui commander en parlant tout à fait naturellement :

– Deux barbes à papa, s'il vous plaît.

Elle nous donne le prix en articulant exagérément, avant de plonger un bâton de bois dans le tourbillon de poussière rose. Puis elle nous tend deux nuages roses tout poisseux. Je ne sais pas si c'est parce qu'on est sourds ou qu'on a l'air amoureux, mais elle les a faits énormes.

J'arrache un petit morceau de nuage du bout des dents.

– Tu es sûr que c'est comestible ?

– Bien sûr. En plus, le colorant rose E789 fortifie les cordes vocales.

Qu'est-ce qu'il me fait rire !

– Hé, Joey, je voulais te demander... Qu'est-ce qu'il t'a raconté, le type, au flipper ?

– Il m'a dit que je lui faisais penser au personnage de cette vieille comédie musicale des années soixante, *Tommy*. C'est l'histoire d'un garçon sourd, muet et aveugle, mais qui est un vrai dieu au flipper.

Je sens la colère et la honte me monter aux joues.

– C'est pas vrai ! Parce qu'on est sourds, les entendants s'imaginent qu'on est débiles !

Joey hausse les épaules.

– Ne t'énerve pas. Il voulait être sympa. Et puis, c'est vrai, je *suis* le dieu du flipper ! Comme dit la chanson, rien ne peut me distraire.

Joey sourit d'un air malicieux en me passant un bras autour des épaules.

– À part toi, peut-être...

Soudain, je me sens aussi légère que ma barbe à papa, et ma colère s'évapore dans les airs.

Main dans la main, nous nous éloignons un peu de la fête pour regarder les étoiles dans le ciel.

– C'est tellement beau..., signe Joey au bout d'un moment. Il faudrait qu'on revienne cet été.

– Oui.

Je suis tellement contente qu'il fasse des projets d'avenir que j'ai parlé, j'ai prononcé ce mot tout haut, sans aucune gêne.

Nous restons longtemps les yeux dans les yeux, en silence, jusqu'à ce que Rob Walker (qui ce soir a mis ses prothèses auditives) nous tape dans le dos. Il est avec sa petite amie, Beth.

– On vient de se faire dire l'avenir par Madame Zarcati, nous raconte-t-il.

– Vous devriez essayer, renchérit Beth en nous montrant un rideau rouge au-dessus duquel un panneau jaune en forme de main annonce fièrement : « Madame Zarcati vous dit TOUT. »

Joey sourit.

– Est-ce que tu as envie de tout savoir, Cat ?

– Pourquoi pas ?

Le stand de Madame Zarcati est décoré d'une multitude de symboles occultes. Une fois passé le rideau rouge, nous découvrons une vieille chaise pliante où est posé un second panneau jaune en forme de main qui pointe vers un autre rideau : « Par ici – Deux dollars la consultation. »

Je me mords les lèvres pour ne pas rire tandis que Joey écarte le rideau. Il se tourne vers moi en levant un sourcil :

– Elle a dit : « Entrez, entrez. »

Madame Zarcati est assise à une petite table ronde, dans une pièce sombre et exiguë, décorée de soleils et de lunes en papier qui se décollent. Elle essaie de se donner un air mystérieux et magique, mais on dirait plutôt qu'elle sort de la douche, avec sa longue robe en satin et son espèce de serviette sur la tête. Je sens un nouveau fou rire arriver, mais le regard noir de la voyante me calme aussitôt. Je n'ai jamais vu quelqu'un d'aussi maquillé, surtout une vieille dame. Elle éteint son mégot avec ses ongles vernis de noir avant de cacher son cendrier fumant sous la table.

– Quatre dollars !

Eh bien, elle ne perd pas de temps !

Une fois que nous avons payé, Madame Zarcati coupe un paquet de cartes de tarot, puis les mélange d'un air distrait en murmurant un charabia inintelligible. D'une main experte, elle les étale en plusieurs rangées sur la table, faisant cliqueter bagues et bracelets. Après avoir beaucoup marmonné et hésité, elle me regarde :

– Vous...

Je serre le bras de Joey pour qu'il joue les interprètes.

– Elle... elle dit que tu vas avoir des ennuis, me traduit-il.

– Des ennuis ? Quel genre d'ennuis ?

– Je ne sais pas. Elle dit que tu es en danger.

Sous mon pull bleu tout doux, les battements de mon cœur s'accélèrent. *En danger ?*

Il faut que je sorte. Tout de suite. Ces lunes en papier qui se décollent, Madame Zarcati et son maquillage sinistre, ce box étouffant me rendent claustrophobe. J'ai peur, je ne peux plus respirer.

– Viens, Joey. Il faut qu'on retourne au car.

Madame Zarcati fait battre ses faux cils, surprise de nous voir partir si vite. Elle ne parle pas la langue des signes, mais elle a compris le message.

– Ça va ? me demande Joey une fois dehors.

Je prends une grande bouffée d'air frais.

– De quel danger parlait-elle, Joey ? Le débat a lieu demain. Tu crois qu'elle a vu ça dans les cartes ?

Il secoue la tête.

– C'est de la comédie. Le seul danger, ce serait de croire un mot de ce qu'elle t'a raconté.

– J'espère que tu as raison.

– Elle a dit ça au hasard. Tu es un peu stressée à cause de demain, elle a dû le sentir.

Joey sourit pour me rassurer.

– Ne t'en fais pas, Cat...

Et doucement, tendrement, il me caresse la joue, puis se penche vers moi et pose ses lèvres sur les miennes.

Je suis sûre qu'aucun garçon au monde n'embrasse aussi bien, sourd ou entendant.

Je lui rends son baiser, et il me tient enlacée un long moment. Nous sommes tellement bien dans les bras l'un de l'autre, c'est tellement naturel. On pourrait rester comme ça indéfiniment...

Mais soudain, Joey s'écarte de moi pour consulter sa montre.

– Oh, non ! On va rater le car si on ne se dépêche pas.

Il me tire par le bras.

– Allez, viens.

Nous traversons la fête foraine en courant jusqu'au parking, sans rien dire, jusqu'à ce que nous soyons à bord du car.

On ne peut pas signer quand on se tient la main.

Chapitre 20

Quand nous arrivons, l'institut est plongé dans l'obscurité la plus totale.

– N'oubliez pas : les autres élèves ne sont pas tous complètement sourds…

Pour nous montrer l'exemple, l'Homme-Singe signe sans utiliser sa voix.

– … Alors regagnez vos dortoirs en silence. On se voit demain pour le débat.

Il m'adresse un signe d'encouragement.

– Bonne chance, Cat.

C'est sa façon de montrer qu'il est fier de moi.

– Merci, monsieur.

Joey, lui, me sourit tendrement.

– Je serai dans la salle, mon Lys.

– Merci, Joey. Et merci aussi pour cette super-soirée.

Il me répond en déposant un baiser sur mes lèvres.

Jamais je n'ai été aussi heureuse.

Mais j'ai beau être euphorique, je ne suis pas très à l'aise dans ces couloirs déserts. Je tâtonne dans le noir à la recherche de l'interrupteur. Les autres sont partis dans différentes directions pour regagner leurs dortoirs. Moi, il faut que je traverse tout un bâtiment de salles de cours pour atteindre le mien. Les couloirs me paraissent sans fin et, à la lueur de la lune, les classes ont un air fantomatique.

Soudain je vois une ombre danser sur un mur.

Oh, non !

Une autre ombre. Et une troisième.

Je suis suivie !

Je jette un coup d'œil par-dessus mon épaule. Je ne vois personne, mais je sens bien qu'il y a quelqu'un derrière moi. On dit que les sourds ont un sixième sens, c'est peut-être vrai car je *sens* que je suis suivie...

Je presse le pas.

D'un seul coup, dans mon dos, trois silhouettes émergent de la pénombre. L'une d'elles a de longues pattes fuselées et un minuscule corps d'insecte... *Myra !*

Vite !

Je cours, je cours dans le couloir. Je suis une bonne coureuse, mais ma jambe à peine guérie me ralentit. Vite, plus vite... Je tourne dans un autre corridor... Vite, vite, vite.

Des escaliers. Je descends un étage. Deux. J'ai mal au tibia. Allez, Cat, fonce. Descends, encore et encore. Je cours, je cours... et je trébuche. Je tombe, puis dévale les marches sur les fesses jusqu'au rez-de-chaussée.

On m'attrape par les bras, les jambes, les cheveux. J'ai beau hurler, me débattre, on me tire, on m'entraîne.

Lâchez-moi ! Lâchez-mooooiiiii !

Une porte, un placard. Un méchant coup de genou dans le dos me fait tituber, je m'écroule dans un réduit sombre qui empeste l'eau de Javel et j'atterris douloureusement dans un seau.

Soudain l'obscurité fait place à une lumière aveuglante, une ampoule nue pendouille au plafond. Des ombres vacillantes et des taches de couleur dansent devant mes yeux avant que je puisse distinguer les visages de Myra, Judy et Sherry.

Judy est plantée devant moi, une vraie armoire à glace. Les yeux de Sherry étincellent. Mais la plus effrayante, c'est Myra, qui agite les bras au-dessus de moi. On dirait une araignée géante. Elle forme un « C » avec sa main et remue les doigts dedans, imitant une langue bavarde.

– Ce n'est pas mon signe ! Mon signe, c'est Cat !

– Plus maintenant, traîtresse d'oraliste !

Elle me donne un coup de pied avant de répéter :

– Oraliste !

Elle remue exagérément les lèvres pour faire semblant de parler.

– Espèce d'idiote d'oraliste ! Tu croyais t'en tirer comme ça, hein ?

Je ne vais pas lui montrer que j'ai peur. Pas question.

– Qu'est-ce que tu veux, Myra ?

Elle me flanque un autre coup.

– Que tu arrêtes de sortir avec Joey Estrada.

– Non !

Ses yeux ne sont plus que de froides lames d'acier.

– Tu vas larguer ton imbécile de copain oraliste !

Elle me frappe encore plus fort. Dans les côtes, cette fois, et ça fait mal, mal, mal...

– Moi, je te dis que tu vas arrêter de le voir. Laurie Dean va y veiller. C'est elle, sa véritable petite amie. Ton oraliste n'est qu'un espion. S'il sort avec toi, c'est uniquement pour te soutirer des informations sur le débat.

– C'est pas vrai !

Je bouillonne de rage. Ça ne peut pas être vrai. Joey ne me ferait jamais ça ! Jamais ! Hein ? Ce n'est pas possible. Même si Laurie est la fille la plus belle de l'institut, du monde entier, même. Et qu'elle parle, elle. C'est moi qu'il aime. Je suis sûre que Myra a tout inventé parce qu'elle me hait. J'en suis sûre, sûre, sûre...

Je ne veux pas qu'elle voie qu'elle a réussi à m'atteindre. Je ne vais pas me laisser faire. Je rassemble mes forces et je réponds en utilisant voix et signes à la fois :

– C'est quoi, ton problème, Myra ? Tu as perdu la course cet aprèm', c'est ça ?

Myra devient livide. Je l'ai percée à jour.

– Alors, à cause de toi, l'institut n'a pas remporté la coupe ! Tu as voulu te débarrasser de moi, mais tout ce que tu as réussi, c'est nous faire perdre la finale !

Avec une violence effarante, Myra me marche sur le bras. Elle l'écrase jusqu'à ce que la douleur soit insoutenable.

– Je pense qu'elle (là, elle fait l'affreux signe dont elle m'a affublée) mérite qu'on lui arrache sa sale langue frétillante.

Et elle me prend par les cheveux pour me tirer la tête en arrière, pendant que les deux autres me tiennent. Puis elle m'écarte les mâchoires de force et essaie d'attraper ma langue avec ses doigts crochus.

Argh ! elle va me faire vomir. J'ai un haut-le-cœur. Mais l'horreur de la situation me donne une force animale et, avec toute l'énergie qui me reste, je plante mes dents dans sa main.

– Aïïïe !

Ongles, poings, pieds. Les leurs, les miens. Elles tapent, je frappe. Seaux, balais, brosses pleuvent autour de nous. Ça doit faire un vacarme assourdissant.

Six coudes. Six genoux. Six pieds... qui cognent, cognent, cognent. J'ai mal, mal, mal...

Quand elles en ont fini avec moi, elles me laissent affalée par terre – une poupée de chiffon, une boule de douleur – et ferment la porte à clé derrière elles.

C'est sans espoir.

J'ai beau allumer et éteindre la lumière, ça ne marche pas. Les cris non plus. Les couloirs sont déserts à cette heure, et de toute façon personne ne m'entendrait.

Je sanglote, submergée par le même sentiment d'impuissance que lorsque j'avais cinq ans. Mais personne n'est venu à mon secours à l'époque, et personne ne viendra aujourd'hui non plus.

À un moment, je finis par sombrer dans un sommeil agité.

Dans mon rêve, je suis perdue, toute seule à la fête foraine. Les chevaux de bois, qui me semblaient si joyeux et amusants tout à l'heure, m'emportent maintenant à un train d'enfer vers quelque danger sans nom. Leurs yeux étincellent, leur bouche entrouverte s'élargit, menaçante. Je tourne, je tourne de plus en plus vite, dans un tourbillon de terreur. J'appelle Joey, mais bien sûr il ne m'entend pas. Tout à coup, je me retrouve prisonnière dans la caravane de Madame Zarcati. J'essaie de signer le discours que j'ai préparé pour le débat, mais mes mains se prennent dans ses rideaux. Alors que je cherche à me libérer, les tentures se changent en une gigantesque toile d'araignée où pendent des lunes jaunes. Je me réveille en sursaut, agitant les bras et les jambes pour me dépêtrer d'une réalité tout aussi horrible.

Le débat va être annulé.

C'est ce que Myra voulait.

Bee va jouer sa pièce et, pendant tout ce temps, je serai enfermée là-dedans, en train d'étouffer dans ce tombeau sinistre. À force d'être plongés dans l'obscurité, mes yeux commencent à s'habituer, et je distingue quelques formes dans la pénombre. Une tache violette se découpe sur le mur en face de moi. Une minute... Mais oui, c'est le ciel !

C'est le ciel qui est en train de s'éclaircir !

J'allume la lumière et, là, derrière les rangées de flacons de poudre à récurer et les cartons d'éponges, je découvre une petite fenêtre. Elle est très étroite, mais il faut que je passe au travers. Grimaçant de douleur, je déplie mon corps couvert de bleus pour approcher un escabeau du mur. Puis je monte dessus et je brise la vitre à coups de brosse, jusqu'à ce qu'il ne reste plus qu'un tas d'éclats de verre par terre. Les coups de pied m'ont brisée, j'ai mal partout, mais je m'en fiche. Rien à faire. Centimètre par centimètre, malgré la douleur, je me faufile à l'extérieur par la petite fenêtre.

Chapitre 21

La cité des sourds est déserte. J'ai l'impression d'être dans une ville fantôme. Il est tellement tôt que l'herbe est encore trempée de rosée. Personne n'est levé. Personne pour voir cette silhouette misérable qui longe les bâtiments en boitillant, pliée en deux...

Moi.

De retour au dortoir, je reste sous la douche aussi longtemps que je peux le supporter, serrant les dents lorsque le jet passe sur mes bleus et mes plaies. L'eau chaude fait ressortir les couleurs. En temps normal, j'aurais réveillé Bee pour lui montrer !

Mais pas en ce moment. Et peut-être plus jamais... Durant les dernières vingt-quatre heures, j'ai perdu ma meilleure amie, mon merveilleux (mais faux !) petit ami et toute ma confiance en moi.

Comment ai-je pu croire que Joey m'aimait, moi ? Franchement ? Parce que, si ce que dit Myra est vrai, il ne m'a jamais aimée. Tout cela n'était qu'un coup monté. Une illusion.

Je me tamponne avec précaution pour me sécher, puis j'enfile un grand tee-shirt, je retourne dans la chambre clopin-clopant et je me glisse dans mon lit. J'ai envie de dormir, dormir sans fin, effacer la douleur, effacer la souffrance de savoir... Mais, au lieu de ça, je mets mon réveil à sonner à midi.

Myra a réussi à m'atteindre en plein cœur, mais elle ne fera pas taire ma voix.

Je vais participer au débat.

Le débat.

Sur scène.

L'esprit embrumé, le corps brisé, le cœur battant... abattu, mais qui bat toujours.

J'attends derrière les rideaux. Pas des rideaux rouges avec des lunes qui se décollent, non, les rideaux de scène de l'institut, gris et bien épais.

Je ne vais pas y arriver, je ne peux pas...

La porte qui donne sur la scène s'ouvre et Aggy apparaît.

– Bien, Cat, Jack, à vous de jouer. Maintenant je vais vous présenter. Comptez jusqu'à trente avant de me rejoindre. Bonne chance à tous les deux.

Elle nous sourit d'un air encourageant avant de se glisser entre les rideaux pour s'avancer sur le devant de la scène. Et, d'un coup, tous mes cauchemars me reviennent...

Seule au monde. Abandonnée. Pas dans un hôpital, mais sur une scène plongée dans l'obscurité, entourée de rideaux épais abritant dans leurs plis secrets des terreurs inconnues.

Je ne vais pas y arriver. Je ne vais pas y arriver.

– Allez ! me signe Jack en m'attrapant par le bras. Viens.

– Nooon...

– Allez !

Oh, mon Dieu... Si je me suis échappée de ce placard, c'est bien pour venir ici. Il faut que j'y aille. Il le faut. Je prends une grande inspiration avant de me faufiler entre les rideaux, tremblante... et de me retrouver face à des dizaines et des dizaines de visages. Qui me regardent.

Aggy est là, debout devant une grande table. Elle s'adresse aux visages en signant :

– Nous vous demandons de ne pas interrompre les orateurs pendant leurs discours d'ouverture. Le public pourra s'exprimer après les réfutations. Et maintenant, j'aimerais vous présenter le porte-parole qui va soutenir la motion « Les sourds doivent s'intégrer dans le monde des entendants ». Elle s'appelle Cathy Brown, mais la plupart d'entre vous la connaissent sous le nom de Cat.

C'est le vide total.

Je n'arrive pas à me rappeler un mot de mon discours. Pétrifiée, je fixe cette masse de visages indistincts. Bee est au premier rang, Joey au deuxième, mais juste à côté de lui il y a Laurie. Sa petite amie. Elle est au courant depuis le début. Et maintenant, moi aussi. Ils me regardent avec attention. Ils ont l'air d'attendre quelque chose.

Que me veulent-ils ?

Prostrée, je les regarde à mon tour. Plus personne ne bouge, le calme se fait, un calme qui semble durer une éternité.

Puis, soudain, sans prévenir, une fille au troisième rang demande la parole. Elle lève la main, me fait signe :

– Salut, Cat. Je m'appelle Sandy.

Sandy !

La petite fille qui m'a écrit la lettre ! Cette lettre jaillie du fond du cœur qui m'est parvenue parmi les nombreux messages et confessions que j'ai reçus en réponse au questionnaire.

Je ne vais quand même pas tous les laisser tomber...

Je ne peux pas décevoir cette petite fille, elle est exactement comme moi à son âge...

En me raccrochant à cette idée, je lève mes bras endoloris pour commencer à signer à grands mouvements. Et, tout en signant, j'utilise ma voix pour parler, comme je m'y suis entraînée.

Je dis que nous sommes différents et pourtant semblables. Je parle de la beauté de la langue des signes et de la libération de pouvoir parler. Mais, surtout, j'insiste sur le fait que chaque sourd a le droit de choisir son mode de communication. Ma voix n'est pas belle, je ne connais pas tous les mots, mais mes signes sont forts.

– Et, si nous voulons qu'on donne le pouvoir aux sourds, nous devons arrêter de nous bagarrer. L'affrontement n'est pas une solution. Si nous voulons que le monde nous écoute, nous devons arrêter d'être en guerre contre les entendants, mais surtout nous devons arrêter de nous faire la guerre entre nous.

Je me laisse tomber sur ma chaise, épuisée. Soulagée.

Le plus dur est passé.

Mais Jack ne va pas se laisser faire. Il se lève et, dans la lueur des spots, ses cheveux brillent comme une auréole au-dessus de sa tête. Il se défend, et il se défend bien.

– Soyons clairs. Nous sommes sourds et nous n'avons pas honte de notre vie de sourds. Nous sommes fiers de notre langue. Signer nous est naturel. C'est la clé de notre liberté, et non la parole ! Mon adversaire a trahi notre cause. Comme tous les oralistes, elle n'assume pas sa surdité.

Dans le public, les oralistes se mettent à crier, mais Jack insiste :

– Cat n'assume pas sa véritable identité de sourde.

Ces mots libèrent toutes les insultes, la colère et la rage qui bouillonnent en moi depuis mes cinq ans, et j'explose :

– Ma véritable identité, vous l'avez devant vous. J'étais entendante, et je me souviens encore du monde entendant, il fait autant partie de moi que le monde des sourds.

Furieux, Jack me signe d'arrêter :

– Attends, on n'en est pas encore aux réfutations !

– N'essaie pas de me faire taire ! J'ai choisi ce qui me convenait, ce qui était bon pour moi. Et moi seulement. Pas toi, ni lui, ni elle... (je montre le public du doigt) mais moi ! Avant, je refusais lâchement d'assumer mon identité, mais je ne veux plus être lâche, j'en ai assez de faire semblant.

Aggy intervient :

– Je suis obligée de te rappeler les règles du débat, Cat. Pas d'interruptions.

Mon cœur cogne sur un rythme lugubre tandis que je laisse Jack clore son acte d'accusation.

– Comme vous pouvez le voir, mon adversaire a trahi les siens !

Et il s'assied, triomphant, dans un déluge d'acclamations.

Je n'ai plus rien à perdre.

Tout le monde me déteste. Me déteste, me manipule. M'espionne.

Prenant une liasse de questionnaires sur la pile posée devant moi, je l'agite dans les airs.

– Très bien, je veux faire partie du monde des entendants, et alors ? D'après les réponses que j'ai reçues, je suis loin d'être la seule ! Il y en a plein comme moi, qui souffrent en silence – qui aimeraient partager leurs inquiétudes avec quelqu'un. Vous avez tous vos histoires personnelles. Vous me les avez confiées, maintenant racontez-les-nous.

Pendant un long, long moment, personne ne bouge.

Puis lentement, mais sûrement, une main se lève au deuxième rang. Une belle main au bout d'un bras bronzé.

– J'ai peur qu'on se moque de moi à cause de ma voix de robot, signe la main que la parole accompagne.

Alors que Joey poursuit fièrement, j'ai l'impression que chaque mot qu'il prononce allège un peu mon cœur :

– Cat a eu le courage de réapprendre à parler et elle m'a aidé à affronter ma peur.

Je lui souris et, dans ce sourire, il y a tout ce que je ressens pour lui. Mon amour, ma fierté et ma reconnaissance éternelle. Il a toujours été à mes côtés. Comment ai-je pu en douter, ne serait-ce qu'un instant ?

Bee le regarde et lui adresse un hochement de tête complice. La barrière est tombée et, pour la première fois, Bee et Joey, une signeuse et un oraliste, sont unis. Bee lève la main.

– Moi, j'ai peur que les gens se moquent de moi quand je signe, avoue-t-elle.

Puis elle se retourne pour faire face au public.

– Je suis lâche, mais c'est bien une chose qu'on ne peut pas reprocher à Cat. Elle a un courage incroyable, vraiment, et je suis très fière d'elle...

Au bord des larmes, Bee s'affale sur sa chaise et Megan la prend dans ses bras.

Bee, ma meilleure amie au monde, pour une fois, ton grand numéro d'actrice tombe à pic.

– Merci, Bee.

Je sais combien ça a dû lui coûter de faire cet aveu en public.

Petit à petit, d'autres mains se lèvent. Comme si Bee et Joey avaient enclenché le compte à rebours d'une bombe à retardement. Qui va bientôt exploser. Tous les élèves se mettent à signer, crier, épeler en dactylologie. Ils veulent tous raconter leur histoire. Des histoires qui disent leur peur, leur frustration, leur colère. L'histoire des sourds.

Et personne ne peut les arrêter.

– Nous allons clore le débat maintenant... La parole est à l'orateur qui a défendu la motion.

Aggy se tourne vers moi.

– Cat ?

Ma conclusion est brève :

– J'espère juste que nous resterons tous unis comme nous le sommes en ce moment, car c'est dans l'union que réside notre force.

Ces derniers mots sont accueillis par un tonnerre d'applaudissements.

Aggy a l'air fière de moi.

– Bien parlé, Cat. À toi, Jack.

Jack me regarde en souriant, puis il lève le poing pour faire le salut du pouvoir sourd, et je referme ma main sur la sienne pour le faire avec lui.

Nous restons là, le poing levé, applaudis, acclamés par toute la cité des sourds. Les mains s'agitent dans les airs, telle une marée d'applaudissements silencieux. C'est comme ça que les sourds applaudissent. Puis, d'un seul mouvement, cet océan de mains se dresse pour faire le salut du pouvoir sourd.

Je n'ai pas besoin de demander qui a remporté le débat.

Je n'ai pas besoin d'entendre les applaudissements. La force de ce signe d'union fait vibrer l'air à l'unisson, et je sais.

C'est le plus beau son que j'aie jamais ressenti.

Fin

Quelques infos

La surdité

Contrairement aux personnes sourdes de naissance, celles qui le sont devenues au cours de leur vie se souviennent d'avoir entendu, comme Cat, l'héroïne de ce roman.

Pour apprendre à parler, les sourds peuvent être appareillés. Il existe un examen médical, appelé audiogramme, qui permet de savoir quels sons ils perçoivent. Selon leur audition, on leur pose des appareils qui amplifient plus ou moins les voix de leurs interlocuteurs. L'ennui est que ces prothèses auditives amplifient également les bruits extérieurs : ainsi, M. Davis, pendant son cours, entend-il Cat ouvrir son paquet de chips.

Pour parler, il faut apprendre à émettre des sons et à contrôler sa voix : c'est un dur apprentissage !

Différents modes de communication

Le débat est d'actualité : quelle éducation donner aux sourds et aux malentendants ? Certains sont partisans d'une éducation oraliste, où l'on exploite les restes auditifs de la personne en l'appareillant afin qu'elle puisse apprendre à parler (à « oraliser ») et à lire sur les lèvres. D'autres pensent qu'ils doivent s'exprimer dans la langue des signes. D'autres enfin estiment qu'il faut allier les deux, et donner aux sourds une éducation complète, comprenant la langue des signes et la langue orale.

La langue des signes

La langue des signes permet d'exprimer autant de nuances complexes que la langue orale. À chaque mot correspond un signe, mais les informations sont données dans un ordre différent : on pose d'abord le décor, on présente les personnages avant d'exposer l'action. On signe avec les mains, mais aussi avec les expressions du visage. Tout comme les mots qui ont une orthographe précise, les signes sont précis, ce n'est pas du mime.

La langue des signes française (la LSF) ne s'écrit pas. Pour épeler un nom propre, les sourds utilisent l'alphabet dactylologique, dont chaque lettre correspond à une forme de la main. Cependant, cet alphabet n'est pas utilisé pour tenir une conversation.

Chaque pays a sa propre langue des signes. Mais l'ASL (American Sign Language) et la LSF sont assez proches, car c'est un Français, Laurent Clerc, qui, en 1860, est parti aux États-Unis pour créer la première école où les sourds pouvaient apprendre la langue des signes.

Merci à Anne-Lise Buffard, orthophoniste, pour sa relecture attentive.

Dans la même collection

Gilly, grave amoureuse,
13 ans, presque 14...
de Claire Robertson

Les larmes de l'assassin
d'Anne-Laure Bondoux

Cherry, ses amis,
ses amours, ses embrouilles
d'Echo Freer

Quand j'aurai 20 ans
de Jacques Delval

Ciel jaune
de Marie-Hélène Delval

Accroche-toi, Sam !
de Margaret Bechard

Mercredi mensonge

de Christian Grenier

Angel Mike

de Regine Beckmann

Planète Janet

de Dyan Sheldon

Fantômes d'Opéra

d'Alain Germain

Comment devenir maître du monde
en vingt-six leçons et demie

de Dan Gutman

Une princesse peut en cacher une autre

de Kate Brian

Le rat

de Magali Herbert

Comme un coquelicot

de Marie-Florence Ehret

Les démons de Nègreval

de Pierre Davy

Cet ouvrage a été mis en pages
par DV Arts Graphiques à Chartres

Impression réalisée sur CAMERON par

BRODARD & TAUPIN
GROUPE CPI

La Flèche
en mai 2005

pour le compte des Éditions Bayard

Imprimé en France
Dépôt légal : mai 2005
N° d'impression : 29833